• 衛斯理小說典藏版　32 •

支離人

衛斯理
親自演繹衛斯理

《支離人》

新之又新的序言，最新的

衛斯理小說從第一次出版至今，歷時已近半世紀，總共出了多少正版，還能計得清，若是連盜版一起算，那就算找外星人來算，也算勿清楚哉！不能不能也算世界記錄。

算得清好，算勿清也好，能幾十年來不斷出新版，說明不斷有讀者加入，對作者來說，沒有更值得高興的事了，謝謝所有喜歡衛斯理的人，謝謝謝謝。

二〇二〇年六月四日 香港

幾句話

寫了四十多年小說，論者將拙作分為三個時期：早、中、晚。在明窗出版的一批，屬於早期和中期的上半。三個時期的創作風格有相當程度的不同，所以風評不一。本人並無偏愛，但讀友對早期的作品，頗有好評，大抵是由於在早、中期作品之中，主要人物精力充沛，活力無窮，所以使故事曲折多變，小說也就格外吸引。明窗出版社此次重新出版這批作品，正好讓大家來證明這一點。

四十餘年來，新舊讀友不絕，若因此而能有新讀友，不亦快哉！

二〇〇五年十一月六日

序言

《支離人》的故事，設想頗奇，和《隱形人》是幻想小說題材的大熱門恰好相反，大抵從來也未曾有人作過同樣的設想，在故事題材上，可以說是全新的創作。所以，自己對這個故事，十分喜歡。

這個故事的創作時代，也相當久遠了，大抵是二十年之前的事，所以這次訂正的地方也較多，刪去了不少贅言，加添了一些使主要角色性格鮮明的描述。

這個故事另有一個特點，是寫外星人（牛頭大神）在地球上，一再受地球人欺騙的經過，先是受了埃及法老王的騙，接着又有衛斯理的食言，十分有趣——外星人科學發達，地球人人心險詐，似乎旗鼓相當。

有科學家看了這個故事，說如果一雙手支離活動，這雙手不可能懸空飄來飄去，至多只能在地上用手指爬行，如果是頭，只能在地上滾動，云云。這個意見，十分重要，因為它說明了科學是科學，有科學的觀點，但科學幻想是科學幻想，有科學幻想的觀點，科學幻想小說是科學幻想小說，有科學幻想小說的觀點——這是最好的回答了。

衛斯理

目錄

第一部

不屬身體的**手和腳**

第一次寒潮襲到的時候，最使人感到瑟縮，在刺骨的西北風吹襲下，馬路上的車輛和行人減到最少程度，午夜之後，幾乎已看不到行人了。

成立青站在一扇玻璃門之前，向下面的馬路望着，自門縫中吹進來的冷風，令得他的身子，不由自主地在微微發抖。

他住在一幢新落成的大廈的二十四樓，他住的那個單位，有一個相當大的平台，如今他所站的那扇玻璃門，就是通到那平台去的。成立青將那平台布置得很舒適，但這時他卻沒有勇氣推開門到平台上去踱步（這本來是他就睡前的習慣），因為外面實在太冷了，所以他只好站在窗前看着。從二十四樓下去，偶而在冷清的馬路上掠過的汽車，就像是被凍得不住發抖的甲蟲一樣。

成立青站了約莫五分鐘左右，正當他準備轉過身去的時候，突然之間，他看到了一雙手。

那是一雙人手，可是這雙人手所在的位置卻十分奇怪。成立青可以看到的只是十隻手指和一半的手背。因為那一雙手，正按在圍住平台四周的石沿上，看來，像是有一個人，正吊在平台的外面。

成立青陡地後退了一步，揉了揉眼睛，這是不可能的，一定是眼花了。這

怎麼可能？這個平台，高達二十四層，什麼人會在那麼冷的天氣，只憑雙手之力，吊在平台的外面？

在他揉眼睛的時候，他突然想起，那可能是一個賊——一個糊塗之極的笨賊：哪一層樓不好偷？偏偏要來偷二十四樓？若是一個吊不住，從二十四樓跌了下去……啊啊，那是一件大慘劇了。

成立青再定睛看了看，這一次，他的確看清楚了，那是一雙手，而且還在向左緩緩地移動。他伸手握住了門把，頂着勁風，向外推去，寒風撲面而來，刹那之間，刺激得他的雙眼，流出了淚水，什麼也看不到。

然而那卻也只是極短的時間，至多不過兩秒鐘吧，成立青已大踏步地向前走去，同時，幾乎已要開口，叫那攀住了平台石沿的人，不要緊張，因為一緊張的話，他可能因此跌了下去。

然後，當他張開口想出聲的時候，他呆住了。

那雙手不見了。

他離平台的石沿，只不過幾步，他看得十分清楚，絕沒有什麼手攀在石沿上。

叫聲劃破。

成立青等着那下慘叫聲。可是，足足等了三分鐘，寂靜的午夜並沒有被慘叫聲劃破。

成立青覺得自己的頸部有點僵硬，他肯定自己是不會看錯的，但如今，這雙手呢？已經移開了去麼？他四面看看，什麼也沒有。

他幾乎是逃進屋子的，將門關上，拉上了窗簾，又回到了他的工作桌上。

但是他對自己工作桌上的那些圖樣，卻視而不睹，老是在想着那雙手。

而且，他三次拉開窗簾，去看外面的平台，但是卻始終沒有再看到什麼。

他遲睡了一個小時，得出了一個結論：的確是自己眼花了。這一晚，他當然睡得不很好，他一生中，第一次對獨睡感到害怕。

第二天晚上，天氣更冷，西北風也更緊。一到了午夜時分，成立青便突然莫名其妙地緊張了起來，他也不知道為什麼會聚張，他突然放下了工作，立即地，他聽到了那「拍拍」聲。

那種「拍拍拍」的聲音，來自他的身後。

成立青連忙轉過身去，在剎那之間，他感到自己的身子，像是在零下十度

的冷藏庫中一樣。並不是他看到了什麼可怖的東西在發出那種「拍拍」聲。他沒有看到什麼，那聲音是來自窗外的，聽來簡直就是有人用手指在敲着玻璃。

但是想一想，他住在二十四樓，他房間的玻璃窗，離地至少有二百四十尺！

若說有什麼人在離地那麼高的窗口，在他的窗上發出什麼聲音來，那是不可能的，那一定是一隻硬殼甲蟲，在撞碰着他的窗子。

成立青感到剎那間，氣溫彷彿低了很多，他站了起來，身子不住地在微微地發抖，他猛地拉開了窗簾，窗外一片漆黑，他並沒有看到什麼。

成立青鬆了一口氣，他絕不是一個神經過敏的人，相反地，他是一個頭腦十分縝密的工程師。但是這時候，他看到了窗外沒有什麼東西，又不由自主地鬆了一口氣，回到了工作桌的旁邊。

當他坐在桌邊，又要開始工作的時候，身後又響起了那種「拍拍」聲來。

成立青又不耐煩地回過頭去，他剛才走近窗口，拉開窗簾，看到窗外並沒有什麼之後，並沒有再將窗簾拉上。所以，他這時轉過頭去，便立即可以看到窗外的情形了。

他看到了一隻手。

那手出現在最後一塊玻璃之下，中指正在敲着玻璃，發出「拍拍」聲。

那是千真萬確的一隻手，而且手指的動作也很靈活。

成立青整個人完全僵住了，他不知該怎樣才好，他雙眼定定地望在那隻手

上，他張大了口，但是又出不了聲，在那一刹間，他所感受的那種恐怖；實在

難以形容。

轉眼之間，那隻手不見了。

那隻手是如何消失的——是向下滑了下去，還是向後退了開去，成立青已

沒有什麼印象了，他也無法知道那隻手是屬於什麼樣的人的——因為那手出現

在最下一塊玻璃，他無法看到手腕以下的部分。

有什麼人會在那麼寒冷的天氣中，爬上二百四十尺的高樓，用手指在玻璃

窗上敲着，來「開玩笑」？

成立青立即想到了鬼！

他是一個受過高深教育的人，平時要他想到鬼是一種實際的存在，那是絕

不可能的事，但是在如今這樣的情形下，他卻想到了鬼。

他勉力使自己鎮定下來，然後，衝出了屋子。

他不夠膽量走到窗子前去看一個究竟，當然，這一晚，他也不是睡在屋中的，他在酒店之中，心神恍惚地過了一個晚上。

白天，他將這兩晚所發生的事，告訴了他的一個手下，那是一個年輕人，叫郭明。郭明聽了之後，哈哈大笑，自告奮勇，願意陪成立青一晚。

成立青接受了這番好意，所以第三天晚上，成立青和郭明是一齊在那層樓中的。郭明像是大偵探一樣地，花了不少時間，察看着平台四周圍的石欄，和察看着出現怪手的窗口。

但是他卻沒有發現什麼，他又譏笑着成立青，以為他是在疑神疑鬼。

很快地，將到午夜了。

那仍然是一個十分寒冷的夜晚，夜愈深，天也愈冷，郭明本來不贊成拉起窗簾，因為不拉窗簾的話，外面一有什麼動靜，便立時可以看到了。

但是自窗縫中吹進來的西北風卻終於使他放棄了這主張。

拉起了窗簾之後，房子裏暖了不少，人的神經似乎也沒有那麼緊張了。

郭明啜着咖啡，打着呵欠，他正要下結論，表示一切全是成立青的神經過敏時，外面的平台上，突然傳來了一陣腳步聲。

那陣腳步聲相當輕，但是在靜寂的夜中，也足可以使人聽得到。

郭明和成立青兩人，互望了一眼，一齊轉頭，向通向平台的玻璃門看去。

郭明剛才還在譏笑成立青疑神疑鬼，但是如今他的臉色，看來卻比成立青更白。他們看不到什麼，因為玻璃門給接近地面的長窗簾擋着，看不到平台上的情形，也看不到向平台走來的是什麼人。

但是他們都毫無疑問地聽到那腳步聲，而且，他們也聽得出，腳步聲是在漸漸向玻璃門移近。

郭明和成立青兩人，都坐着不動。

腳步聲突然停止，他們兩人也看到了一雙腳，他們之所以能看到一雙腳的緣故，是因為那一幅窗簾，最近洗過一次，縮了，短了一些，所以，在地面和窗簾之間，有一點的空隙，空隙使人可以看到貼近玻璃門而立的一雙腳。那雙腳上穿的是名貴的軟皮睡鞋，一雙鮮黃色的羊毛襪子。

一個小偷，是絕不會穿着這樣的鞋襪來行事的。

那麼，這時站在玻璃門外，和他們之間只隔着一扇玻璃和一幅窗簾的，又是什麼人呢？

成立青低聲道：「不，不！」他以手托着額角，面上現出十分痛苦的神情來。

郭明像是被成立青這種痛苦的神情所刺激了，他是來保護成立青的，他怎可以這樣子坐着不動？他陡地生出了勇氣，一躍而起，衝過去伸手去拉窗簾。

他太用力了，將窗簾整個地拉了下來。

可是，玻璃門外，並沒有人。

郭明呆了一呆，突然之間，他張大了口，不斷地發出可怕的尖叫聲來！

他們兩人看到了那對腳——那只是一對腳，這對腳不屬於任何人，一對穿着黃色羊毛襪和軟皮睡鞋的腳，正在向外奔去，越過了石欄，消失了。

郭明不知道他自己叫了多久，等到他停下來的時候，他只覺得自己的身子，抖得比什麼都厲害，他一步步地向後退來，抓住了成立青的手臂，口唇哆嗦着：「成……先生……成先生。」

成立青比郭明也好不了多少，但他究竟是中年人了，他比郭明鎮定些，但也過了好一會，他才道：「到……你的家中去過一晚吧。」

第三晚，他們兩人是在郭明家中過的。

第四晚，他們兩人，來到了我的家中。

他們兩人之所以會來到我的家中的緣因，是因為郭明的一個父執，和我是朋友，郭明知道我對一切怪誕不可思議的事有興趣，所以他才和成立青兩人一齊來的。他和成立青兩人，花了一小時的時間，將三個晚上來連續發生的事，講了一遍。

他們要我在今天晚上到成立青居住那地方去。

我不準備答應他們——我不是一個對「鬼」沒有興趣的人，一雙不屬於任何身體，而能奔走的腳，更使我感到有意思，而且，還有那雙手哩。

但是我和白素結婚不久，與其去看鬼，我寧願面對嬌妻。

我在想，用什麼話，才能將這個特殊的邀請推掉呢？

白素就坐在我的身邊，成立青和郭明兩人，則神色緊張地坐在我們的對面。

我笑了一下：「兩位所說的話，我的確感到十分有興趣。但是，兩位應該知道，鬼這樣東西，實際上並不是一種存在，而只不過是感到自己看到了一些東西而已。但是我的話還未曾講完，郭明已急不及待地道：「我們的確我企圖說服他們，他們事實上並沒有看到什麼，而只不過是感到自己看到

16

是看到那雙腳的，真的看到，你別以為我們是眼花。」

我攤了攤手：「我並不是說你們眼花了，你們可能是期待着看到什麼，所

以，神經便產生了一種幻覺，這才使你們以為有一雙腳在行走。」

一直沒有出聲的成立青，直到此際，才不表同意地道：「衛先生，照你的

說法，我們兩人在第三晚看到的，仍應該是手，而不是腳。因為前兩晚我看到

的是手，郭明受了我的影響，他『期待』的，也應該是手，對不對？」

我反倒給他們兩人駁得講不出話來了，只得轉頭向白素望了一眼，帶着

歉意。

我的意思是：我不得不去了，看來我們至少要分開一個晚上了。

白素卻笑了一下：「我和你一齊去。」

人是十分奇怪的，一些最簡單的事情，有時竟會想不起來。我大費周章地

在拒絕着成立青和郭明兩人的邀請，但卻未曾想到，我可以根本不和白素分

開，我們是可以一起去的。

事情就那麼決定了！

半小時後，我和白素、成立青、郭明三人，到了那幢大廈的門前。那幢大

廈的氣派十分宏偉，高二十四層，由於新落成，並沒有住滿人，而且，由於它處在近郊的緣故，是以到了門口，便給人以一種冷清的感覺。

我們一齊進入了電梯，電梯向上升去，一直到了二十四樓，才停了下來。

二十四樓是最高的一層，大廈的設計是愈往上面積愈小，二十四樓只有一個居住單位，就是成立青的住所。

而二十四樓再上一層，就是天台了，通往天台的門鎖著，寒風卻仍然自隙縫中捲了下來，令得電梯的穿堂十分淒清。

我在成立青開門的時候，走上了通向天台的樓梯，向通往天台的門口張望了一下。

成立青是一個十分喜歡清靜的人，他的確揀了一個十分清靜的居住環境。

通往天台的木門外有一道鐵閘，要偷進天台去，倒也不是容易的事情。等我回到門口之際，成立青已開了門，在延客入室了。

那個居住單位布置得十分清雅，成立青是一個獨身主義者，整個居住單位，只有他一個人住，有一間臥室，一間工作室和一個廳。我一進屋，就打開了玻璃門，走到那個面積十分大的平台上。

我一直來到了石沿之旁，向下望去，下面的行人小得幾乎看不到。若說有什麼人，能雙手攀在石沿上，那真不可想像。

我退到屋中，關好玻璃門，白素提議我們玩橋牌來消磨時間，我們都同意了。但是我和白素兩人，都可以明顯地看出成立青和郭明的心神不屬。

午夜了，成立青放下了紙牌：「我們別再玩了，好不好？」

我笑了一下：「成先生，你看，一到時候，你便開始期待了。」

成立青並沒有回答我，但他的面色，卻十分難看。

同樣地，郭明也顯得很緊張。神經質是會傳染的，白素也有點面色異常起來。

我自己也莫名其妙地屏住了氣息，一言不發。

屋中靜到了極點！

我耐不住這種異樣的寂靜，便站起身來，向通向平台的玻璃門走去，在玻璃門旁，我向漆黑的平台一看間，突然看到了三雙腳！我不禁大吃一驚，剎那之間，幾乎怪叫了起來。

然而我還沒有叫出口，便啞然失笑了，我看到的那幾雙腳，全是屋內人的，因為室內光線亮，所以在玻璃上起了反光，乍一看來，便像是平台外面有

腳了。我轉過身，向平台外指了指：「你們看——」

我是以極其輕鬆的態度在說着話的，我是想叫他們看看這種玻璃反光，構成虛影的情形。

可是，我才講了三個字，便發現他們三個人，包括白素在內，神色都蒼白得駭人，我立時問：「什麼事？」

成立青和郭明兩人，都已講不出話來，白素的聲音也在發顫：「天啊，就在你的身後！」

我連忙再轉回身來，面對着玻璃門。

在那一刹間，我也看到了。

那絕不是我剛才所想像的虛影，那是確確實實的實體！我看到了兩隻手，不屬於任何人，只是兩隻手。

那是一雙男人的手，手指長而粗，在右手無名指上，還戴着一枚戒指，那是一枚「貓兒眼」石戒指。那兩隻手，一隻按在玻璃上，一隻正握着玻璃門的把手，想將玻璃門拉開來。但玻璃門是鎖着的，所以那手拉不開。

我呆在原地，一動也不能動。

這是什麼？我的心中不斷在自己問自己。

無疑地，這是一雙手，但是，那究竟是什麼呢？我的腦筋因為過度驚訝而開始變得渾噩不清起來，然後，突如其來地，那雙手消失了。

那雙手消失了之後的一分鐘，才有人講話。第一個講話的是白素。她道：

「你看到了沒有，你看到了沒有？」

那時候，我也開始恢復鎮定了。

我連忙向成立青要了玻璃門的鎖匙，打開了門，向外走去。

在那片刻之間，我下了兩個假定。

第一，我假定那雙手是假的，橡皮製的，而由鋼絲操縱着，一個熟練的操縱者是可以做到這一點；第二，我假定那人的身上，全都穿上了漆黑的衣服，我們便只能看到他的雙手，而看不到他身子的其他部分。

但是當我出了平台之後，我立即發現我的兩個假定，都是不成立的。第一個假定若是成立，那一定有許多支架來支持鋼絲的活動，但事實上，除了一根收音機天線外，外面沒有別的東西。

如果說一個人穿了深色的衣服，這本來就是十分牽強的事，而且，這個人

是由什麼地方撤退的呢，我自問身手不弱，但是要我在那麼短的時間內，從二十四樓撤退，那也是沒有可能的事。

兩個假定都不成立，那麼在理論上，我就必須承認那一雙手，的確是不屬於任何人的，只是兩隻手！

一雙手，獨立地存在，這算是什麼？

不單是兩隻手，而且還有兩隻腳——成立青和郭明曾見過的，我如今已對他們的話，再不表示懷疑了。

這難道是什麼星際人？星際人的形狀，恰好像地球人的手或腳？就算有這個可能的話，那麼手上為什麼還要戴着戒指，腳上為什麼還要穿着襪子和鞋子？我的最荒誕的假定，看來也不能成立了！

我在平台上呆立了好一會，才回到了屋中。

成立青苦笑了一聲：「衛先生，那……是什麼？」

我搖了搖頭：「我暫時還說不出所以然來。」

郭明面青唇白地問道：「是……是鬼麼？」

我仍然搖着頭：「我不認為鬼會像手和腳，我說不出那究竟是什麼。」

22

成立青歡了一口氣：「剛才，那手想打開門來，他想打開門來作什麼？」

我的心中陡然一動：「成先生，你可認得出這一雙手是屬於什麼人的？那手上還戴着一枚貓眼石的戒指，你想一想！」

成立青呆了許久才道：「沒有，我想不出來。剛才我也見到了那粒貓眼石，如果我曾經見過的話，我一定想得起來的。」

我蹀來蹀去，這實在是太離奇了，這是難以設想的事情。我們所看到的不是一個怪物，如果是一個怪物的話，我們就可以設想他來自不可測的太空。但如今我們看到的，卻是普普通通的一隻手，那是應該屬於一個人的，然而此際它們卻又不屬於任何人，一雙游離的手，一對游離的腳！

時間慢慢地過去，我們四個人很少講話，只是默然地坐着，也很少動作。

一直到了清晨三時，仍然沒有什麼別的變化，我才站了起來：「成先生，我要告辭了。」

成立青苦着臉：「這裏所發生的事——」

我道：「我將盡一切力量來幫助你，如今，你不必再在這裏住下去，再請你將這層樓的一切鑰匙，暫時交給我保管，可以麼？」

成立青忙道：「可以，可以，當然可以的。」

我來回又走了幾步，等到成立青收拾了一點東西，和他們一齊出了屋子，坐電梯下了樓。成立青暫時住在郭明的家中。

我和白素回到了家中，我們幾乎一夜沒有睡，討論着那件怪事，但是卻一無結果。

第二天，我約了一些靈魂學專家，一齊到那屋子去等候，可是竟沒有結果。

第三晚，我們仍在等候，又帶了攝影機，準備一有怪現象出現，便立即將它攝下來，慢慢研究，可是也沒有結果，不論是怪手或是怪腳，都未曾再出現。

一連半個月，我都空候，我決定放棄這件事，我通知成立青，他可以搬回去了。但是成立青卻索性放棄了那層樓，那是他以分期付款的方式買的，他仍然按月付着款，但是卻聽憑那層樓空着不去住。

又過了幾天，已是聖誕節了。

這是一個不論宗教信仰如何，都使人感到有氣氛的節日，我和白素兩人，在許多的邀請之中，選擇了一個比較情投意合的晚會去參加。

那一天天氣仍然很冷，那晚會的主持人是一所高等學府的教授，我們到的

時候，已經有不少客人了。這一切，本來是不值得詳細敍述的，我之所以不厭其煩的緣故，是因為當主人楊教授，向我介紹到會的客人之際，在他講到「鄧先生」時，在我面前站着的，是一個高大的男子。

那男人禮貌貌地伸出手來，我自然也與他握手如儀，就在和他握手之際，我像是觸了電一樣。

他的手粗而大，而在無名指上，戴着一隻貓兒眼石的戒指。

那隻貓兒眼石的戒指，式樣十分奇特，而那粒貓眼石也圓而色澤佳，是上好的寶石。

這粒寶石、這隻戒指，我是見過的。

在成立青住所的那個平台上，我就曾看到過這隻戒指，當時，這隻戒指是戴在一隻粗而大的手上（就像現在被我握着的那隻手），只不過當時那隻手是不屬於任何人的，只是一隻手！

當我發現了那枚戒指的一剎間，我心中實在極其震驚，我握住了那人的手的時間一定很長，令得那人用力將手縮了回去。

我連忙抱歉地笑了一下，以掩飾我的窘態：「對不起，我是一個患極度神

經衰弱症的人，時常精神恍惚，請你原諒。」

那人並沒有說什麼，只是「哼」地一聲，便轉過身，向外走了開去。

我也連忙後退，我退到了一個比較隱蔽的角落，打量着那人。那人正在和另

一個交談。他個子相當高，他的頭髮可能天生鬈曲，因之使他看來風度翩翩。

我估計他不會超過三十歲，但是我卻無法憑外表的印象而斷定他是什麼樣

的一個人。

我打量了他很久，他並沒有注意我，我找了一個機會，將主人拉進了他的

書房之中，在書房門口，我向那人指了一指：「這個是什麼人？」

主人十分奇怪：「咦？我不是替你介紹過了麼！你們沒有交談？」

我搖了搖頭：「沒有。」

主人道：「我以為你們會交談的，這人和你差不多，是一個怪人，他一生

最大的嗜好便是旅行，而他更喜歡在東方古國旅行，去探討古國的奧秘，他家

中很有錢，供得起他花費。」

我又問：「他叫什麼名字？」

主人道：「我們都叫他博士。」

我聳了聳肩：「是麼？他是什麼博士？」

主人道：「他有許多許多博士的頭銜，全是印度、埃及、伊朗一些三名不見經傳的大學頒給他的。他是神學博士、靈魂學博士、考古學博士等等。」

我不由自主，深深地吸了一口氣，毫無疑問，這是一個怪人。

而更令得我感到興趣的，是他的那隻手，和戴在手上的那隻寶石戒指！

主人見我不出聲，便又道：「他的真正姓名是鄧石。這真是一個怪人，對不起，外面的客人很多，我要去招呼他們。」

我自然不能將一個舞會的主人，長久地留在書房中，而且，我也可以看出，實際上，主人對這位鄧石博士，知道得也並不多。

我忙道：「你請便，我想在這裏休息一下。」

主人打開門，走了出去，我在一張沙發上坐了下來，手托着頭，我的思緒十分混亂，那個鄧石，他究竟是怎樣的一個人呢？

我決定將這件事通知白素，和她一起商量一下，我站了起來，也就在這時，「卡」地一聲，門把轉了一轉，門被推了開來。

我向門口看去，不禁怔了一怔。

站在門口的，居然是鄧石！

鄧石的面上，帶着一種十分傲岸的神情，這種神情，有點令人反胃。

他冷冷地道：「背後談論人，是不道德的！」

第二部

探訪

怪住客

他忽然出現，已經令我奇怪，而他一開口，居然這樣講法，更令人愕然，

難道主人已將我向他打聽鄧石的事，向鄧石說了麼？

這是十分尷尬的事情，我相信主人是不致於這樣子做的，那麼，他又是怎

樣知道的呢？

在經過了極短的時間的考慮之後，我心想他這句話可能是另有所指，並不

是指我和主人剛才討論他的那件事而言的。所以我淡然一笑，對他點了點頭，

含糊地道：「的確是如此，鄧先生。」

卻不料鄧石竟然毫不客氣，也絲毫不顧及我的難堪，又道：「而你，正是

這樣不道德的人。」

這不禁令得我十分慍怒，我冷冷地道：「先生，我不明白你的話。」

鄧石更氣勢洶洶：「我是想警告你，別理會別人的事情。」

我冷笑了一下：「我應該理會什麼我自己決定。」

鄧石「嘿嘿」地笑着，他的笑聲，聽來令人毛髮直豎，有一種說不出來的

不舒服。我站了起來，我相信我臉上也已充滿了敵意。

我們兩人對視着，過了好一會，鄧石才突然笑了起來，在他的笑容之中，

30

有着一種極其卑夷和看不起人的味道，然後，他突然轉過身，走出書房去了。

我的心情久久不能平靜，我對鄧石這個人，產生了一種難以形容的興趣，

他究竟是一個什麼樣的人呢？何以早些時候，我曾見過他的兩隻手呢？

主人說他曾在印度等地方住過，難道他是印度幻術的高手？

印度的魔術本來就是很有名的，但是不論是如何驚人的魔術，都不外是轉

移人的注意力而已，若說是有一種魔術可以令得一個人雙手游離行動，那也是

不可信的一件怪事。

我無法確知鄧石究竟是怎樣的一個人，我決定研究他這個人。

我也走出了書房，找到了白素，用小心的動作，將鄧石指給她看。

當白素一看到那隻貓眼石戒指的時候，若不是我立即掩住了她的口，她可

能會大叫！

我低聲道：「我決定在舞會散的時候跟蹤他，你不妨先回去。」

白素急促地道：「我有點不放心。」

我笑道：「別傻了，我什麼樣的大風大浪沒經過，怕什麼？」白素卻仍然

憂形於色：「我自然知道你經過了許多風浪，可是這個人……這件事……我總

31

覺得有說不出來的神秘離奇之感，你……我一起去怎麼樣？」

我笑了起來：「我是去跟蹤人，你以為這也是人愈多愈好麼？」

白素長長地歎了一口氣，那些話，不再說什麼。

我又耐着性子安慰了她幾句，去跟蹤一個行為有些怪誕的人，這在我來說，實在是不足道的小事，何必大驚小怪？

我又在宴會中耽擱了將近一個小時，然後先向主人告辭，說我有事，要先走一步。

主人自然不會強留，於是，我出了那幢洋房，我深深地吸了一口迎面而來的寒冷的空氣，腦子登時清醒了不少。

我並沒有走出多遠，便停了下來，我躲在一叢矮樹後面。那地方十分好，任何人或是任何車子，我都可以看得到的，而且不論是轉左或轉右，我都可以輕而易舉地跳上車尾，由我要跟蹤的人，將我帶到應去的地方去的。

天氣十分寒冷，不多久，我便要輕輕地跑步來增加體溫了。我在那個矮樹叢之後，足足等了四十分鐘，才看到鄧石走了出來。

32

出乎我的意料，他並沒有用車子，他將雙手插在大衣袋中，昂着頭，一路還在吹着口哨，出了大鐵門之後，便向左走去。

他是步行的，我要跟蹤他，自然更方便，我等他走出了十來步，便輕輕一跳，從矮樹叢中，向外跳了出來。

那時候，鄧石已快要轉過牆角了，我急步向前趕出了兩步，也到了牆角處，鄧石仍然在前面，我和他保持着一定的距離。雖然已是深夜了，但因為是節日的緣故，街道上仍然十分熱鬧，這對我的跟蹤更是有利。

我跟着他一條街又一條街地走着，漸漸地來到了近郊處，我忽然感到如今在走着的這條路十分熟，那就是通往成立青所住的那幢大廈的一條路。

等我發現了這一點的時候，抬頭看去，那幢大廈，也已在前面了。前面除了這一幢大廈之外，別無其他的建築物。鄧石是住在這幢大廈中的！

我既然肯定了這一點，自然不必再急急去跟蹤他而暴露自己了。我放慢了腳步，直到看到鄧石進了那幢大廈，我才以極快的速度，向前奔去。

等我奔到了那幢大廈的大堂中時，我看到有一架升降機正在上升，一直到「二十三樓」，才停止不動。在升降機停止不動之後的半分鐘，升降機又開始下

落。

鄧石住在二十三樓！

這次的跟蹤極有收穫，鄧石就住在成立青的下一層，那麼至少可以肯定，成立青家中出現的怪事，可能和他有關。

確定了這一點之後，以後事情要進行起來，當然就簡單得多了。

我的心情十分輕鬆，我上了另一架升降機，等到到了二十三樓之後，我跨了出來，二十三樓一共有兩個居住單位，都關着門。

我無法肯定哪一個單位是鄧石居住的，而更主要的是，我還未曾想到，就算確定了鄧石的住所之後，我應該怎麼辦。

我是應該直接去看他，揭穿他裝神弄鬼的把戲呢，還是再多搜集一些證據？我想了片刻，決定從後者做起，因為在楊教授的家中，鄧石對我的態度已是十分之糟，如果我登門造訪，那簡直是自討沒趣。

我決定了進行的步驟之後，便再上了一層樓，我有鑰匙，打開了門，走了進去，第一件事，便是和還在楊教授家中的白素，通了一個電話，我要她趕回家去，帶一點應用的東西，再一齊來到成立青的家中，我還告訴她，在今晚，

就可以知道一連串怪事的謎底了。

白素來得出乎我意料的快，十五分鐘之後，她就來到了，帶着我囑她帶的一些東西，這包括了一具微波擴大偷聽儀，一具利用折光原理製成的偷窺鏡等等。

我在她未到之前，已經知道鄧石居住的那個單位，是在平台的下面，因為我在各個窗口探頭觀察過，只有平台的下面那窗子中有燈光透出來。

所以，在白素一到之後，我們便出了平台，我將偷聽儀的管子接長，使微波震盪器垂下去，然後，才將耳機塞入耳中。

我又將潛望鏡的鏡頭，對準了下面的窗口。

但是我看不到什麼，因為窗子被厚厚的窗簾遮着，我將偷聽器的吸盤，吸住了玻璃窗，那樣，室內只要有聲音，我就可以聽得到。

白素等我做完了這些，才道：「你聽到了什麼？」

我搖了搖頭：「沒有什麼聲音，但我想我們只要等一下，一定——」

我才講到這裏，便停了下來。

我在那時，聽到了聲響。那是一種十分難以形容的聲音，像是有人在不斷地有節奏地敲着一面十分沉啞的大鼓一樣。

那種聲音持續了三四分鐘，我又聽到了鄧石的聲音。

鄧石果然是在那間房間之中，這使我十分歡喜。鄧石像是在自言自語，我聽不到他究竟在說些什麼，結果，又是那種「達達」聲。

鄧石也不再講話了，那種「達達」聲一直在持續着，我聽了很久，換了白素來聽，也是聽不到有別的聲音。半小時之後，我們都有點不耐煩了。

白素道：「那隻貓眼石戒指，我們是一定不會認錯，我們既然知道他就住在下面，何不逕自去拜訪他，向他提出責問。」

我搖頭：「這不怎麼好，他對我十分不友好，我們可能會自討沒趣。」

白素道：「那麼，我們難道就再聽下去麼？」

我站了起來，伸了伸懶腰，我蹲在地上太久了，腿有點發痠。

我道：「我們不妨到屋中去休息一回，等半小時之後再來聽，那時，我們或者可以聽到別的聲音，從而推斷他是在作什麼了。」

白素不再說什麼，我們一齊向屋子走去。

可是，我們才走出了一步，便呆住了，我們看到那扇玻璃門，正在被打開來。

這時候，平台上的寒風相當勁，但是如果說這時的勁風，竟可以吹得開沉重的玻璃門的話，那也是絕沒有人相信的事情。

事實上，我們兩個人，立即否定了是風吹開玻璃門的想法，因為我們看到了推開門來的東西──那是一隻手，一隻不屬於任何身體的手！

那隻右手，握住了門把，將玻璃門推了開來，右手的指上，戴着一隻貓眼石的戒指。那左手，握着一件東西，那是一隻瓷質的煙灰碟，是放在成立青屋中的一件十分普通的東西。

兩隻手的距離，恰如它們生在人身上的一樣！

我和白素兩人緊緊地靠在一齊，在那一剎間，我們因為過度的驚愕，根本說不出任何話來，也做不出任何動作來！

我們眼看着那雙手推開門，突然之間，以極快的速度，越過了平台的石沿，不見了。

又足足過了五分鐘，白素才道：「那是一個不完全的隱身人，這倒有點像。

因為我們除了那一雙手外，看不到別的。

但如果是隱身人的話，為什麼一雙手會給我們看到的？而且，如果那是一個隱身人的話，他怎能以那麼快的速度退卻呢？

隱身人只不過使人看不到身子，並不是身子不存在，如果他自二十四樓跌下去的話，他一樣會跌死的。所以，一個隱身人，絕不能採取這樣的方式越過石沿消失。

那一雙手之所以能夠以這樣的方式消失，正因為它只是一雙手，而沒有任何的身體！

所以白素說那是一個隱身人，我不同意。然而那究竟是什麼，我卻也說不上來，我的腦中混亂之極，混亂得使我難以思考的地步。

我們又沉默了許久，還是白素先開口：「那雙手，偷走了一隻煙灰碟，這是什麼意思，那煙灰碟中有什麼秘密，值得它來偷？」

白素的這一問，又提出了許多新的疑惑，使我已經混亂的腦筋，更加混亂了。

我衝動地道：「我們不必猜測了，我們下去見他。」

白素吃驚地道：「見什麼人？」

我道：「到二十三樓去，見鄧石，也就是剛才取去了成立青屋中的那隻煙

灰碟的手的主人！」

白素道：「如果他是一個隱身——」

我不等她講完，便近乎粗暴地回答道：「他不是隱身人，他……他……」

他不是隱身人，但是他是什麼呢？我卻說不上來了！

白素不愧是一個好妻子，我粗聲地打斷了她的話頭，她非但不怪我，反倒輕輕地握住了我的手，柔聲道：「我們先到屋中去休息一會再說，你可需要喝一點酒，來鎮定一下？」

我的心中不禁覺得有點慚愧，跟着白素，走進了那扇玻璃門，我們在沙發上坐了下來，白素倒了一杯白蘭地給我，我慢慢地喝着。

十分鐘後，我的心情已比較鎮靜得多了，但是我在心情激動時所作的決定，卻仍然沒有改變，我放下酒杯：「我們去看他，坐在這裏亂猜，是沒有用處的，我們去看他！」

白素攤了攤手：「他會歡迎我們麼？」

我道：「他不歡迎，我們也一樣要去看他。」

白素站了起來：「好的，我們兩個人在一起，什麼樣的事情都經歷過了，

總不致於會怕他的，我們走吧。」她已開始向門口走去了。

我將成立青屋中的燈熄去，也到了門口。

正當我們要拉開房門，向外面走去的時候，我突然想起，我忘了鎖上通向平台的玻璃門了。我轉過身來，準備向前走去。

然而，就在我轉過身去的那一剎間，我又呆住了。

這時，屋中熄了燈，外面的光線雖暗，還比室內明亮些，所以，人站在房子內，是可以看到一些外面平台上的情形的。

當我一轉過身去的時候，我便看到了一雙腳。

那一雙腳正從石沿之上，跳了下來，落在平台之上，一步一步，向前走來。

白素顯然也看到那雙腳了，她緊緊地握住了我的手臂，一聲不出，我眼看着那雙腳一步一步地走近，到了玻璃門之外。

那是一雙連着小腿的腳，它穿着軟皮睡鞋和羊毛襪，和成立青曾經見過，並描述給我聽過的那對腳一樣。它來到了玻璃門前，右足抬起，向玻璃門頂來，慢慢地將玻璃門頂了開來。

這時候，我和白素兩人，心中的驚恐，實在難以言喻。但總算還好，我的

思考能力還未曾因為驚恐而消失，當我看到那右足頂開玻璃門之際，我至少知道我「不是隱身人」的推測並沒有錯。

因為若是隱身人的話，一定會用他看不見的手來推開玻璃門的。而如今卻不，因為只是一雙足，所以他便用右足來將門頂開！

右足將門頂開之後，左足也向內插來，玻璃門重又彈上，兩隻腳已進了房子了。

我和白素兩人，緊緊地靠在一起，在那片刻之間，我們簡直什麼也不能做，我們只是望着那一雙腳，一步一步地向前走來。

那雙腳在向前走來的時候，並不是很順利，它一下子撞在茶桌上，一下子又撞在沙發上，但是，它們終於來到了我們的近前。

白素陡地尖叫了起來，而我也大叫了一聲，一腳向前踢了出去。

我那重重的一腳，正踢在那一雙腳的右脛骨上。那一腳的力道十分大，因為連我自己的足尖也在隱隱發痛，那雙腳急急地向外退去。

那真是千真萬確的，我看到那雙腳在向後退卻之際，它的右足，蹒跚而行，那顯然是被我這一腳踢得它疼痛難忍的緣故。

這更令得我的背脊之上，冷汗直淋，宛若有好幾十條冰冷的蟲兒，在我的背上，蜿蜒爬行一樣。

一雙不屬於任何人的腳，在那片刻間，我們都因為過度的驚詫，而感到了輕度的昏眩。

是以，那一雙腳，究竟是如何離開屋子的，我們也不知道。等我定下神來時，那一雙腳當然已不在屋子中了。我緩緩地舒了一口氣，轉過頭去看白素。

白素的面色，蒼白得很厲害。

我安慰着她：「別怕，你看，那一雙腳並不可怕，你一叫，我一踢，它們就走了，這有什麼可怕？」

白素搖了搖頭：「不是害怕，我們是一個完整的人，當然不會怕一雙不完整的腳，我是覺得……覺得異樣的噁心！」

那的確是令人噁心的，但在如今這樣的情形之下，我卻不能承認這一點，我必須先令白素鎮定下來，我立即俯身低聲道：「我知道你感到有嘔吐感的原因了！」

白素紅了臉，「呸」地一聲，轉過頭去不再睬我，剛才那種緊張可怕得幾

乎使人精神麻痺的氣氛，也立即被緩和了。

我來回踱了幾步：「我先送你回去，然後，我再回到這裏來，去見鄧石。」

白素道：「不，我和你一起去。」

我忙道：「不，鄧石可能是一個我們從來也未曾遇到過的怪誕東西，你還是不要去的好。」

白素不再和我爭論，但是那並不等於說，她已同意了我的意見。她向門口走去，拉開了門，然後才道：「走，我們一起下去。」

我做了一個無可奈何的神情，我們一齊出了成立青所住的那個居住單位，向下走了一層，到了二十三樓。二十三樓是有兩個門口的，我根據鄧石住處窗口的方向，斷定了他的住所，是電梯左首的那個門口。

我在他的門口站定，看了一看，並沒有找到電鈴，於是我用手敲門。

我大概敲了兩分鐘，才聽到鄧石的聲音自裏面傳來，他粗聲粗氣地道：

「什麼人？」

我感到十分難以回答，因之呆了一呆，白素卻已道：「是不速之客，但請你開門。」

鄧石的聲音顯得更不耐煩了，他大聲道：「走，走，什麼不速之客？」

我接上去道：「鄧先生，我們剛在楊教授的舞會上見過面，我是衛斯理，剛才講話的，是我的太太白素，請你開門。」

鄧石好一會未曾出聲，我已估計他不會開門的了，所以我已開始考慮我是這時候硬撞進去呢，還是再等上兩三個小時，用百合匙偷偷開門進去。

但是正當我在考慮着這些的時候，只聽得「卡」地一聲響，緊閉着的門，打開了一道縫，從那縫中，我們可以看到鄧石一半的身子，他面上帶着那種做作而傲然的神情：「我與兩位不能算是相識，兩位前來，是什麼意思？」

白素「哦」地一聲：「我們既然來了，你不請我們進去坐坐麼？」

鄧石又猶豫了一下，才道：「請！」

他將門完全打開，身子也向後退出了兩步。

當鄧石的身子向後退出兩步之際，我和白素兩人，心頭都狂跳了起來。

在那片刻之間，我們都已看到，鄧石的手上，所戴着那隻貓眼石的戒指，更令得我們駭然的是，他在退出之際，右而他的腳上穿着軟皮睡鞋和羊毛襪，

足顯得蹣跚不靈，一拐一拐地。

那是剛才我重重的一腳，踢中了他右脛骨的緣故，我幾乎敢斷定，如果這

時捲起他右腿的袴腳來，一定可以發現他的右小腿脛骨上，有一塊瘀青！

那一雙手，那一雙腳，毫無疑問，都是屬於鄧石的，但何以我們都幾次單

獨看到它們呢？這又是怎麼一回事呢？

我和白素呆立在門口，鄧石揚了揚眉：「請！」

我們這才向裏面走去，和鄧石相對，在沙發上坐了下來。

我本來估計，鄧石的屋內，可能有許多古古怪怪的東西，但事實上並不，就

算有的話，那至多也只是一些印度、土耳其、埃及一帶的雕刻，那些雕刻都給人

以一種神秘的感覺，那是東方的神秘。但用這種雕刻來陳飾，是相當普遍。

真正又令得我們兩人吃了一驚的，是咖啡几上的一隻煙灰碟。

那是一隻瓷質的煙灰碟，製成一張荷葉的形狀。

這隻煙灰碟本來是在成立青屋中的茶几上，而我們親眼看到由一雙不屬於

任何人的手，將它由成立青的屋中，拿出來的。

我們坐定之後，氣氛顯得十分尷尬，我想不出該怎樣開始才好，鄧石則不

耐煩地望着我們，難堪的沉默維持了兩分鐘之久，鄧石才冷冷地道：「好了，

你們來找我，是為了什麼事？」

我咳嗽了一下，清了清喉嚨，我決定開門見山，於是我這：「鄧先生，我們必須告訴你，在過去的大半小時中，我們在樓上，二十四樓，成立青先生的住所之內。」

我以為這樣一說，鄧石至少大驚失色了，因為我們既然在過去的大半個小時之內，是在二十四樓，那是一定知道了他的秘密的了。

可是鄧石卻若無其事，甚至連眉毛也未曾跳動一下，便冷冷地反問道：「那又怎樣？」我呆了一呆，反而難以開口了，我道：「我想，我們應該心照不宣了吧，對麼？」

一聽得我那樣說，鄧石突然站了起來。

他伸手向門口一指：「出去，你們這兩個神經病，出去！」

我也站了起來：「鄧先生，你何必這樣？我們什麼都看到了。」

鄧石咆哮道：「你們看到了什麼？」

我也不甘示弱：「你的手，你的腳！」

鄧石叫道：「瘋子，你們是兩個瘋子！」他突然衝出了屋子，來到了對面

的一扇門前，大力地按着電鈴，我不知他用意何在間，那扇門已打了開來，一個中年男子，穿着睡袍，走了出來。

我一看到那中年男子，不禁怔了一怔。

那男子我是認識的，他是警方的高級探長，姓楊，和我是相當熟的，但我卻不知道他就住在這裏，這時我見到了他，不禁十分發窘。

楊探長看到了我，也呆了一呆：「啊，衛斯理，是你。鄧先生，什麼事情？」

他究竟不愧是一個有資格的老偵探，一面說，一面望着鄧石，又望了望我：「你們之間有一點不愉快？」

鄧石瞪着眼：「楊探長，你認識這個人麼？」

楊探長忙道：「自然，我認識他，他是大名鼎鼎的——」

可是，楊探長的話還未曾講完，鄧石便已不禮貌地打斷了他的話頭：「不管他是什麼人，我卻不認識他，但是他硬闖進來，楊探長，我是領有槍照的，在這樣的情形下，如果我向他開槍，他可是自找麻煩？」

鄧石的話十分霸道，但是他的話，是嚇不倒我的，我冷冷地道：「鄧先生，你做的事情，自己心中有數！」

鄧石這傢伙，像是對法律十分精通一樣，他立即道：「我做了什麼事，你

講，你說話可要小心一些，我隨時可以告你誹謗。」

和鄧石相見，不會有什麼愉快的結果，這是早在我意料之中的，但是鬧得

如此之僵，卻也是始料不及的。

我真想不顧一切地打他一頓，但是白素也走了出來，將我拉開了一步。鄧

石大聲地罵道：「混蛋！」接着，退了回去，「砰」地一聲關上了門。

我和白素，對着楊探長苦笑了一下，楊探長向鄧石的門上指了一指：「這

是一個怪人！」

我心中一動，楊探長就住在他的隔鄰，那麼，楊探長對於鄧石的行動，是

不是多少會知道一點呢？

我連忙道：「你已經睡了嗎？我想有一點事情打擾你，不知道你肯不肯和

我談談？」

他猶豫了一下，顯然他不怎麼歡迎我這個不速之客，但是他還是答應了下

來：「好的，反正我已經醒了，不要緊的。」

我和白素一齊走了進去，到了他的一間書房之中，我才道：「楊探長，你

可曾見到過一些怪事，比如說，不屬於任何人的一雙手，或是單單地一雙腳，而手和腳，都是鄧石的？」

楊探長皺起了眉頭，他顯然是要竭力理解我的話，但卻又實在聽不懂。

這也是難怪的，事實上，如果我對一切全不知情，聽得有人向我這樣講的話，我也會莫名其妙，不知人家在講些什麼的。

第三部

用笨辦法來窺伺

我又將事情大致地向楊探長講了一遍，並向他說明，這一切都是發生在他樓上。

楊探長總算耐着性子，聽我講完，但是他卻搖了搖頭：「你寫的那些古古怪怪的小說，將你弄得神經衰弱了，當心你這種神經質，會遺傳給你的孩子！」

我被他氣得瞪眼：他全然不相信我所講的話。

從楊探長面上那種已然十分不耐煩的神色看來，我知道自己再說下去，也沒有什麼用處。我站了起來，笑道：「或許是我神經衰弱了，但是，我還有一個請求，希望你以後，如果發現了同樣的情形的話，通知我一下，可好麼？」

楊探長分明是在敷衍我，連聲道：「好的，好的。」

他一面說，一面自己先走出了書房，他總算還維持着禮貌，將我們兩人，客客氣氣地送了出來。一出了門口，我不等白素開口，便向上指了指，白素立即明白了我的意思，我們立即向上走去，回到了成立青的房子之中。

我在沙發上坐了下來，不斷地吸着煙，白素則默默地坐在我的對面。

我不斷地噴着煙，將自己包圍在煙霧之中，而事實上，我的確是身在一大團煙霧之中一樣，直到如今為止，我什麼也未曾知道！

52

而且，這件怪事，和以前的怪事，絕不相同。以前，我曾不止一次地陷身入迷霧之中，但是我慢慢地發現線索，發現光明，追蹤而去，自然而然就可以從迷霧中穿出來了。

可是，這一次卻不同，我雖然在迷霧中，但是全部光亮，全部線索，都在我的面前，這一切，就是鄧石。我已經知道了一切事情，全和鄧石有關，然而我卻沒有法子進一步獲得什麼。

如果我潛進他家中去，他很可能用極不客氣的手段對付我，正如他剛才所說那樣，如果他將我在他的屋中槍殺了，他全然沒有罪。當然，我也不會那麼容易便死在他的手下，但那已不是好辦法了，因為要窺視一個人的秘密，最好的辦法，是別去驚動那個人！

我想了許久，白素才道：「你可是在想用什麼方法去偵知他的秘密？」

我點頭：「我想趁他不在屋中的時候潛進去，一則不是好辦法，二則，只怕發現不了什麼。」

白素道：「我倒有一個笨辦法。」

她說着，伸手向地上指了指。

我立即明白了她的意思：「你是說，他住在下一層，我們可以在這裏鑽幾個孔，去窺伺他的行動？」

白素道：「我正是這個意思，這是一個笨辦法，但卻有效。」

我來回踱了幾步，決定採取白素的這個辦法。當我決定了採用這個辦法之後，我的心中不禁十分後悔，因為我已向鄧石講起過我在上面的這件事，這將使他有預防。但事已至此，也只好如此了。

我和白素離開了這幢大廈，當晚，我自己擬定了一個計劃。

第二天，我託一個朋友，在一家建築公司中找到了那幢大廈的圖樣。那樣，我就可以確知成立青住所下面，哪些地方，恰好是鄧石的房間。

我又和一個做機械工程的朋友商洽，他替我設計了一套無聲的鑽頭，可以鑽出四分之一吋的小孔，鑽頭是特鑄的合金鋼，可以透過鋼筋的水泥工程。而且，還有吸塵設備，吸塵設備的作用是，當我在鑽孔的時候，不會有絲毫灰屑落入下面的室中。

那樣的話，被鄧石察覺的機會就少得多了。

要俯身在小孔中觀察下面的情形，未免太辛苦了，所以我又準備了四枝小

型的電視攝像管，那是特別訂製的，攝像管的鏡頭，是四分之一吋大小的。

這樣的話，當小孔鑽成之後，我只要將電視機攝像管伸下去，就可以在四具電視機上，看到下面三房一廳中的情形了。

我的這些安排，花了一個星期的時間。

當我準備好這些時，已經過了新年。我請了一個私家偵探，監視着鄧石的行動，他一離開家，我就在成立青的屋中，開始鑽孔。

雖然一切設備全是最現代化的，但是要鑽透呎許厚的鋼筋水泥，也不是容易的事情。而且，我的操作必須極其小心，如果落下些水泥粉末，那麼他一定立時可以知道有人在他的天花板上鑽孔了。

而且，我又不能日夜開工，我必須接到那私家偵探的信號之後，才能開始工作。

當我鑽成了第一個小孔之時，又過去了兩天了。

這個小孔，是通向鄧石的起居室的，也就是我們曾經進去過，卻又被他逐出來的那地方。

鑽成一個小孔之後，我就不那麼心急了，因為鄧石外出，我可以工作，鄧

石回來，我便可以在電視熒光屏上，注意他的動作了。

第一天，我看到鄧石一跛一跛地走了進來，他被我踢了一腳，傷得不輕（我堅信我踢中的就是他的腳），過了將近半個月，還未曾痊癒。他在一張沙發上坐了下來，打開了一隻皮包，翻閱一些文件。

他的行動，可以說和常人無異，他看了一會文件之後，便打開了收音機，我可以聽到爵士音樂的聲音，他原來是一位爵士音樂的愛好者。

他在起居室中耽擱了將近一小時，便進了房間。

他在房間中做了些什麼，我便無法知道了，因為我只鑽好了一個小孔。

又過了兩天，我又鑽好了他臥室的小孔，這使我發現了十分吃驚的一個秘密。

鄧石的臥室，相信是世界上最古怪的臥室了！

他的臥室，缺少了一切臥室中都應該有的一件東西：牀！或者說，既然沒有牀，那就不是臥室了，但是那又的確是臥室。

沒有牀而我仍然稱之為臥室的原因，是因為那的確是臥室，因為鄧石一進了這間房間，便躺了下來：躺在一隻箱子中。

鄧石在起居室中，看來完全和常人無異，而當他一進了那間臥室之後，他簡直成了另一個人，甚至可以說，他不是人，因為沒有一個人是像他那樣的。

那間臥室正中是一隻箱子，那就是鄧石所睡的東西，那箱子約有六呎見方，可以供他躺進去之後，伸直雙手。而他在一躺之後，的確伸直了雙手，他的臉向着天花板。

在他一躺下來的時候，我真害怕他會發現天花板上的那個小孔。

然而他並沒有發現，他的臉上，現出一種極其奇怪的神情來。這是一種十分難以形容的神情，大抵只有吸毒者在吸足了一口白粉之後，面上才會有這種神情出現的。

那隻箱子中有許多格，因此鄧石還不是平穩地躺在箱子底部的，他人是架在那些三五六吋高的金屬格之上的，如果那些金屬格子是利刃的話，那麼他一躺下去，他整個人就會被切成許多塊了，他的兩條腿，將變成四段，手也是一樣。

他的頭部，首先將齊頸斬下，耳朵也將分離。當然，如今他還是好好地躺在箱子中，我們這樣的假設，是為了使大家明白那隻箱子中的格子的分佈情形。

電視傳真是黑白的，我無法看到那隻箱子是什麼金屬所製成的，但我可以

肯定那是金屬，因為它有着金屬的光輝，相當耀目。

當鄧石在那隻箱子中躺下來的時候，我和白素兩人，都已看得傻了。

白素低聲地問道：「天，他是在做什麼？」

我搖了搖頭，無法回答。世界上沒有一個人回答得出白素的這個問題——

除非是鄧石自己。

我只是低聲道：「看下去，別出聲。」

鄧石躺了下去之後不久，我看到他的右手中指，摸索着，向一個箱子左側的按鈕，按了下去。

這時候，我必須說明的一點，是由於電視攝像管的角度問題，我只能在電視上看到房間的中心部分，至於四壁有些什麼，我是看不到的。

等到鄧石按下了那個按鈕之後，我才看到，一隻箱蓋，緩緩地向前移來，精確地蓋在鄧石所躺的那箱子之上。

這一來，鄧石完全被蓋在箱子中了！

箱子中是不是有特殊的設備在輸送空氣，我無由得知，但如果鄧石是用這樣的裝置來自殺的話，那麼他不是白癡，就是天才了。

值得注意的是，箱子蓋上，有幾條電線，連到左側去，電線連結的是什麼東西，我無法看得到，當然我也不知道這兩條電線的作用是什麼。

我和白素一直注視着電視機，直到過了兩個小時之久，我們才看到箱蓋移開，鄧石像是睡醒了一覺也似地跨出了箱子，顯得精神飽滿。

他出了臥室，到了另一間房間中。他在另一間房間中，究竟做了些什麼，我們又無法知道了，因為那房間，我們還未鑽孔。

接下來的兩天中，我們都看到鄧石在那隻箱子中，睡上兩小時。

我和白素兩人，發揮了無比的想像力，向一切方面去設想，但是我們對於鄧石的怪舉動，仍然想不出任何解釋。

而鄧石每次在那個箱子中，都「睡」上兩小時左右。兩小時之後，他總是到另一間房間中去，通常要經過三小時，然後匆匆出去。

我們都知道，等到通向那一間房間的小孔鑽成了之後，那我們一定可以知道他這種怪行動究竟是什麼意思了。第三天中午，鄧石出去了，我正在工作着。

白素出去買一些東西，屋子中只有我一個人，我估計，再有半小時左右，這個孔就可以鑽成功了。

可是，正在我工作着的時候，門鈴突然響了起來。

我放下了鑽孔機，站起身來，伸了伸懶腰，我心中想，一定是白素忘記帶

鑰匙了。我到了門口，幾乎毫不猶豫地打開了門。

可是，當我一拉開門的時候，我呆住了。

站在門口的不是白素，卻是一臉陰鷙，帶着陰森微笑的鄧石！

我連忙身子向前踏出了一步，擋在門口：「什麼事？你可以趕我出去，我

當然也不會讓你進來的！」

事實上，我是不能讓他進來，因為他一進來的話，我一切的心血都白費

了，我已準備，他如果不走的話，我便將他推開去！

可是，又一件出乎我意料的事情發生了。

鄧石向後退出了兩步，向樓梯口招了招手：「他在這裏。」

在我還未曾明白他這樣做是什麼意思間，三個警員，由一個警官率領着，

已經從樓梯口向上，疾衝了上來，為首的警官大聲道：「讓開！」

我的一生之中，再沒有比這一刻更尷尬的了！

我不能不讓開，因為來的是警方人員。

而當警方人員進門之後，真相大白，我想逃也不可能，因為就算我逃脫了，白素還不知道這裏生了意外，等於害了她，令她落入警方的手中。

當然，我終於可以沒有事的，因為我持有國際警方所發的特別證件，凡是和國際警方合作的地方，警局方面都應該和我合作的。

但是，我在成立青住所中所做的一切，卻不能再繼續下去了。

鄧石這個人做事如此之絕，一上來就召了警，他可能會堅持要控告我侵犯他人身自由的，那樣一來，我更是糟糕之極了。

我僵立了許久，等候那警官將我這些日子來，辛辛苦苦弄成的東西，全部撤走之後，他來到了我的身後，道：「好了，我們必須將你帶走。」

我自然沒有抗辯的餘地，我只是道：「好的，但是我卻要留一張紙條給我的妻子，好讓她回來之後，明白發生了一些什麼事？」

「你的妻子，也住在這裏麼？」那警官問。

我連忙提高了警惕，因為我如果隨口答一句「是的」的話，那麼白素就變成我的「同犯」了，我道：「不是的，她剛才來看我，離開了一會，快回來了。」

那警官道：「好的，你可以留下一張紙條，事實上，我們會有一個人守在這裏的。」

我草草地留着一張紙，敍明了所發生的事情，然後和那個警官，以及鄧石，一起上了警車。

自從警方人員出現之後，鄧石一直未曾講過一句話，他只是以一種十分陰森的笑容對着我，令得我更加狼狽非常。

在警車中，我一直保持着沉靜，到了警署，我被帶到一間小房間中，那小房間內只有我一個人。

我在那小房間等了約莫十分鐘，正在我不耐煩時，房門打開，一個人走了進來，他竟是警方的特別工作組負責人傑克上校。

這些日子來，傑克官運亨通，我第一次和他打交道的時候，他還只是少校，如今，已是上校了，但是他臉上那種不惹人好感的神情，則始終不變。

傑克走了進來，向我點了點頭：「這次你的麻煩可不少了！」

我忙問道：「你們沒有向鄧石提及我的身分麼？」

傑克道：「我們曾經強烈地暗示過，但鄧石卻表示，就算你是當地的警務

首長，他也一樣要控告你，他已委託了兩個著名律師，而且，掌握了一切證據，這場官司，你一定失敗。」

我呆了半晌，事情發展的結果，會惹來那麼大的麻煩，這的確是我以前絕未想到過的。

傑克搓了搓手，又道：「你是為了什麼對鄧石這個人發生興趣的？如果他有什麼犯罪的行動——」

我不等他講完，便搖了搖頭：「不，他沒有犯罪，他只是——」我苦笑了一下，也沒法子說下去。

傑克道：「你為什麼不說了？難道事情還怪誕得過『透明人』？」

「大同小異，我講出來，你也不會信的，還是不要多費唇舌的好。有什麼辦法，可以使我避開這一場麻煩事？」

傑克點頭道：「有的。」

我忙道：「什麼辦法？」

傑克的回答十分簡單：「逃亡。」

逃亡！老天，我想也未曾想到過這一點。逃亡？僅僅為了這樣的小事？

但是，事情已到了如今這樣的地步，逃亡看來也是唯一的辦法了。

我呆了片刻：「我要和鄧石見面，或者我能夠使他打消控告我的念頭。」

傑克道：「我看不能——只不過你可以一試，我去請他進來好了。」他說着，便退了出去。當小房間中，又只剩下我一個人的時候，我的心中，又不禁躊躇起來，鄧石若是來了之後，我該怎樣和他說呢？

我來回踱着，心中煩躁，那是因為我在事情發生之前，絕想不到會惹下這種麻煩的。

我踱了幾個圈，「砰」地一聲響，鄧石挺着胸，傲然地站在門口，一副勝利者的姿態。

我本來倒已的確準備了幾句道歉的話，準備向他表示友好的，可是一瞧見他那副德性，氣就不打一處來，立時改變了主意。

我們兩人相對了片刻，我才冷冷地道：「你已經想過了，你堅持要鬧上法庭的話，對你有好處？」

鄧石冷笑着：「至少我看不出什麼壞處來，而一個由好管閒事而發展到偷窺狂的人，卻可以受到法律的懲戒。」

我忍住了氣：「可是你別忘記，我已經知道了你的秘密了！」

鄧石「哈哈」地大笑了起來：「你什麼也不知道，可憐，你其實什麼也未曾看到！」

我實在氣不過他那種狂妄的樣子，我立即狠狠地道：「至少，你的腿上，曾挨過我重重的一腳，你能否認這一點麼？」

鄧石的面色，在剎那間，變得十分難看。

我知道，我想說服他的企圖，已不可能再實現了。

但是我心中卻十分高興，因為我總算出了一口氣，也打擊了他的氣燄。

他瞪着我，好一會，才冷笑道：「隨便你向什麼人說好了，有人會信你？」

他這句話，倒是實在的情形，如果我在法庭上說，我在二十四樓，曾看到過鄧石的兩隻腳，並曾向之踢了一腳的話，那麼唯一的結果，就是被送到醫院那裏，作神經是否正常的試驗！

我感到難以回答，但是也就在那一剎間，我想到了那隻煙灰碟。

那隻煙灰碟，是成立青的，是被鄧石「取」走的，如今在鄧石的家中。不論我指控他是用什麼方法取到，但是成立青所有的一件東西，到了鄧石的家

中，他總得好好地解釋一下。

而不管他如何解釋，他總是不告而取，那是有罪的，雖然罪名極輕，因為那東西只不過是一隻瓷質煙灰碟而已，但他總是有罪的。

我舒了一口氣，悠悠閒閒地道：「鄧先生」，那麼那隻煙灰碟呢？」

鄧石怒道：「什麼煙灰碟？」

我道：「你從成立青的家中——二十四樓偷走的那煙灰碟，我看到它在你的家中，鄧先生，你公然陳列着贓物，這等於是向法津挑戰了！」

鄧石的面色，難看到了極點。

我聳了聳肩：「我可以立即請來成先生，會同警方人員一起到你家中去的！」

鄧石吸了一口氣：「好，這次算是又給你逃過了一關，但是我警告你，你不能再來管我的事，我總會使你吃一次苦頭。」

我只覺全身輕鬆，忍不住「哈哈」大笑了起來。

鄧石厲聲道：「你別得意，你若是再來管我的閒事，就是自找麻煩。」

我忽然止住了笑聲，走到他的身邊，用十分正經的態度問道：「說實在的，這究竟是怎麼一回事，你可以告訴我麼？」

鄧石呆了一呆，由於我這一問，是突如其來的，他在事先，全然不可能有答覆我的心理準備，是以他一呆之後，便道：「我是在——」

可是他只講了三個字，便突然住了口，而且他的態度也變了，冷然道：「哼，我有必要和你來討論這個問題麼？當然沒有！」

他只講了「我是在」三個字，這三個字，當然是絕無意義的，因為在這三個字之後，可以加任何事上去，我等於什麼也沒有得到！

他話講完，一個轉身，便向外走去，我跟在他後面，才出了房間，傑克便迎面走了過來，傑克看到鄧石，他自然已看到了鄧石那種悻然的面色，他以為我一定不成功了，所以向我苦笑了一下。

但出乎他的意料，鄧石卻已開口了：「警官先生，我不準備控告他了，可以麼？」

傑克「啊」地一聲：「可以，當然可以。」

鄧石昂着頭，傲然地走了出去，傑克來到了我的面前，伸手在我的肩頭上拍了拍：「你真有辦法。」

我笑道：「別來損我，我有辦法，還會被人捉到警署裏去麼？」

傑克「呵呵」地笑了起來：「你先別忙走，我們來談談，你將這件事情的來龍去脈詳細講給我聽聽！」

我搖頭道：「不是我不願意，我必須趕回去和白素見面才行。」

傑克狡猾地搖着頭：「不用，尊夫人已經來了，而且，她已經向我講述了事情的大概，為了證明她所説的是不是真的情形，我需要你再講一遍，而且暫時，我不希望你們兩人見面。」

我的心中，不禁十分憤怒，冷笑了一聲：「怎麼，你怕我們串同口供麼？」

傑克連忙否認：「不，不，當然不是這意思。」

我知道自己若是不將事情的經過説一遍的話，傑克是絕不會放過我的，我盡可能將事情緊縮，在三分鐘之內，就將一切的經過情形，向他講了一遍。

傑克不住地點頭：「真是有這樣的奇事？」

「是的，至少有四個人，曾多次目擊這樣的奇事！」

傑克又道：「你真是聰明一世，懵懂一時，如果你早和警方聯絡，我們有最新型的無線電視攝像管，只要趁鄧石不在的時候，偷進他的住所去，安裝在秘密的地方，那麼在半里之內的範圍中，就可以隨時看到他在屋內的動作了！」

我笑道：「如果能進入他的屋子，何必還要安裝什麼電視攝像管？」

傑克不服氣：「這話是什麼意思？」

我道：「很簡單，鄧石的屋子中，一定裝有十分周密的防盜設備，我們若是貿貿然地進去，那一定大吃其虧。」

傑克這才「嗯」地一聲：「你是準備放棄探索這件事了？」

我「哈哈」大笑，用力拍着他的肩頭：「上校，枉你認識了我那麼多年！」

傑克也笑了起來：「那麼，我們合作，我對這件事，也極有興趣！」

第四部

零碎的木乃伊

合作對我來說，自然是好事，至少不會再有鄧石召警來對付我的事發生，

就算有，我也必然可以獲得通知，及早離開。

是以我立即道：「好的——只不過這件事，不宜太多人參加。」

「當然，就是我和你，如果事情沒有結果，我也根本不將之列入檔案，就

當根本沒有發生過一樣。」

我點頭道：「你——」

傑克道：「還是這個辦法，我和你偷進他的住宅去，我相信以我們兩人的

經驗而論，是可以躲過很多防盜設備的，進入屋子之後，我們便放置無線電視

攝像管，窺伺他的行動。」

我略為考慮了一下：「可以的，先讓我和白素見面再說。」

傑克帶着我，來到了另一間房間前，他才推開門，白素便已向我衝了過

來，我連忙道：「沒有事了，我們可以從頭來過。」

白素喘着氣：「我真擔心！」

我笑道：「現在，這位傑克上校，也要參加我們的窺秘行動了，他還有更

好的新型儀器，我認為我們要快點採取行動，要不然，鄧石可能要搬走的。」

傑克忙道：「半個小時，我就可以準備好一切，你們等我。」

他轉身走了出去，我們等着他，半小時後，我們坐他的車子離開警局，又二十分鐘之後，我們到了那幢大廈的門口。

我所僱用的那個飯桶私家偵探，居然還有臉來見我，他連鄧石叫了警員來捉我都不知道，可是這時，他卻說出了一個使我們吃驚的消息：鄧石已經搬走了！

那是十五分鐘之前的事情，一輛大卡車，載着許多東西，走了，那私家偵探總算用照相機拍下了當時的情形。

我們三人，明知鄧石已經搬走了，但我們仍然到了二十三樓，弄開門進去。

客廳中的傢俬，完全沒有動，我急急地拉開了兩間房間的房門，探頭望去。

那間「臥室」已完全空了，什麼也沒有。

另一間房間，也是空的，可是那間房間的牆上，卻有着十分引起我們興趣的東西，那是四個凹槽，在上面的兩個，看來恰好容下兩條手臂，而下面的兩個，則可以容下兩條小腿。

看來，若是鄧石可以隨時割離他的四肢的話，這四個凹槽，就正是用來儲放被割離下來的四肢的了。

然則，真有什麼人可以隨意割裂四肢，並令被割裂的四肢隨意活動的麼？

我和傑克相視苦笑！

我們又在屋子中作了十分徹底的偵查，但是卻什麼也找不出來。

我們只好寄望於那位私家偵探所拍攝的照片了，然而當照片沖出來之後，我們更加大失所望了，飯桶偵探的確是飯桶偵探，他拍的照片，可以說一無用處，只不過是一輛大卡車而已。

鄧石搬走的東西，照片上全沒有，這樣的照片，唯一的價值，是使我們可以追尋那輛大卡車的來源，從而知道鄧石是搬到什麼地方去的。

但是，當我們深入追查的時候，我們又失望了！

那輛大卡車是一家搬運公司的，據稱將東西搬到了一幢小洋房的門口，卸下東西就走了。而當我們趕到那個地址之際，那是一幢空屋子，屋子中什麼也沒有，當我們想和屋主人聯繫的時候，才知道屋主人早已去了法國，這屋子是託一家置業公司代售的，至今尚未脫手。

問題已很明顯了，鄧石來到這裏，又轉了車子，將他的東西搬走了。他搬到了什麼地方，由於線索的中斷，我們無法再追查下去！

我們曾詳細詢問過那幾個搬運工人，鄧石自屋中搬出來的究竟是一些什麼，

可是卻也不得要領。他們說鄧石的屋子中，全是大大小小的箱子，他們搬出來

的，也就是那些箱子，至於那些箱子中有些什麼，搬運工人自然是不知道的。

我們又和楊教授聯絡，因為我第一次見到鄧石，就是在楊教授的家中的。

可是楊教授也不知他的底細，當然也無從找起。

在開始的幾天中，我不禁十分懊喪，因為我相信，如果那時，再給我有時

間鑿穿一個小孔的話，我就可以有機會看到鄧石的秘密了。

但如今，鄧石不知去了何處，可能他再也不會出現，他的秘密，只怕永遠

要梗在我的心中了。這可以說是一個好奇心強烈的人的極大痛苦。

我費了個多星期的時間，來找尋鄧石的下落，沒有結果，傑克上校已放棄

了這件事，而由於舊曆年關的漸漸接近，白素忙於家中的事務，也根本不理會

鄧石了，只有我還在不斷地忙碌着，可是也一無所成。

到了將近過舊曆年的時候，我突然收到了一封電報，這封電報，使我的追

尋工作，有了新的轉機。

但是我剛收到那封電報之際，是不知道事情和鄧石有關的。電報是我的一

75

個在開羅大學教授考古學的朋友拍來的，電文十分簡單：「有不可思議之事發

生，盼速來，同解決。胡明。」

「不可思議之事」是對我最具吸引力的事情了。我和白素商量，當我將那封

電報拿給她看的時候，她搖了搖頭：「別去理睬他，快過年了，還要離家？」

白素的態度如此，我也就沒有將這件事放在心上，但是我卻也沒有像白素

那樣說法去做，我悄悄地發了一封回電，說明我不能遠赴開羅，但是我在電文的

最後，我還是忍不住問了一句：究竟是什麼不可思議之事，可能見告否？第二

天一早，胡明的回電就來了，電文相當長：「你必定要來，此不可思議之事，

牽涉到整個人類的歷史，以及古埃及人製造木乃伊，保存屍體之謎，更有怪異

荒誕之極的人體支離活動幻像，速來。」

「整個人類的歷史」、「木乃伊之謎」這一切，都還引不動我的興趣，可

是，「荒誕的人體支離活動幻像」這句話，卻使得我非去不可了。

胡明將「荒誕之極的」形容詞，再加上

「幻像」的結論，我相信他是未曾真正地見過人體支離活動的情形，一定是人

家見到了轉述給他聽的。然而，「人體支離活動」，我卻是見過的，我深知雖

然荒誕，卻不是什麼幻像，而是確確實實的事實。

我不敢肯定那個使得胡明知道有「人體支離活動」的情形的那個人也是鄧石，但是這情形無疑是和鄧石的手、足分離十分相似的。

所以，我向白素列舉了一千零一種非去不可的原因，白素也講出了一千零一種不可去的道理，我們像聯合國大會開會一樣，展開了冗長的辯論。

我們之所以不能一起去的原因，倒並不是因為年關在即，而是白素的父親白老大病得相當重，這個中國幫會中罕見的奇才，究竟也到了暮年了，如果我要去的話，就需要和白素分開。最後，我之所以能夠成行，還是白老大的一番話，他對白素道：「讓他去吧，人生是如此之短促，而世界上神奇莫測，不可思議的事又如此之多，他既然有機會去探索一件怪事的真相，你為什麼不讓他去呢？」所以，我才能登上飛機。

到開羅機場的時候，胡明在接我。胡明和我的相識，是在多年之前，我對考古工作有興趣，參加了一個業餘的考古團，在中亞一帶進行過考古活動的緣故。而我不久就退出了這種活動，因為我的興趣是希望每天發現一座湮沒的古代大城，而實際上，從事考古工作是十分辛苦的，往往一兩個月，找不到一片

瓦片。

但是胡明卻樂此不疲，後來還進了一家著名的大學去專攻考古，現在，他可以說是亞州、非洲古迹的研究專家，已有很高的學術地位了。我一下飛機時就看到了他，雖然已有多年未見，但是他的樣子，和多年前一樣，矮小、黧黑，講起話來，快如連珠炮。在田野中活動的時候，目光銳利，動作敏捷，活像一頭田鼠。

胡明一見了我，便拉緊了我的手：「我相信你一定不虛此行。」

開羅我並不是第一次來，上次我還曾在阿拉伯沙漠之中，和一名叫作尤索夫的刀手決鬥，我曾在一個極古的古城的地下建築中，找到過可以使動物肌肉變成透明的物體，那時候胡明正率團在中亞的阿塞拜疆一帶考古，所以我未曾遇見他。

是以，我這樣回答他：「如果你這次的事，不如我上一次經歷的那樣奇特，我一定不再睬你。」

胡明「哈哈」地笑了起來：「不論你上次經歷了什麼樣的怪事，都絕對比不上如今事情的古怪，你一定會繼續將我當作好友的。」

我們驅車進城，胡明的住所，是大學的教授宿舍，他雖然只是一個人，而所佔的居住面積，卻大得驚人，實際上，他的住所，等於是一個小型的博物院。

他一進屋，便要他的女管家準備食物，可是卻吩吩將食物送到地窖中去，接着，他便將我帶到了地窖之中。

他的地窖中散發着一股難聞之極，無法形容的氣味，才一進來的時候，幾乎被那種氣味弄得作嘔，可是胡明卻還深深地吸了一口氣，眼中射出異樣的光輝來：「這裏的空氣多美妙，只有在這樣的環境中，我才感到生命的價值！」

我放眼看去，地窖的燈光雖然明亮，但是置身其中，卻也不免使人感到陰森可怖！

因為，老大的地窖中，幾乎有近八十具木乃伊在，還有各種各樣的石棺和殉葬品。一切的怪氣味，全是那種幾乎千年之前的東西上發出來的。

我歎了一口氣：「教授先生，你老遠地叫我來，不是為了請我在木乃伊的旁邊進餐罷。」

胡明叫道：「當然不，你來看，就是這個，這些石棺，你看到沒有？」

胡明指給我看的那些石棺，都放在一張巨大的橡木工作桌上。

石棺一共是六具，其中的一具特別小，呈正方形，只有一呎見方，那可以說是一個石盒，其餘四個石棺，全是狹長形的，而有一個卻特別大，有四呎長，兩呎寬。

那些石棺，一望而知，是年代極其久遠的了，石棺上全是剝蝕的痕跡，在棺蓋上，有着浮雕，但也因為剝蝕的緣故，已看不清楚。

我走近去：「這是什麼意思？這些石棺，看來雖然是古物，但也十分尋常。」

胡明卻搖着頭：「你錯了，絕不尋常，你打開看看，先看那最小的一隻。」

我疑惑地望了胡明一眼，然後雙手按住了那最小的石棺，那是一隻方形的石盒，我用力揭開了棺蓋，向內望去，當我一看到棺內的東西之後，我的雙手，不由自主鬆了一鬆，「拍」地一聲響，我手中的棺蓋跌了下來，在桌角上撞了一撞，又跌到了地上，跌崩了相當的一大塊，可是我卻不顧得去撿拾它，因為棺中的東西，實在是我所意想不到的。

那是一個人頭！

那是一個齊頸被切下來的人頭，這時當然已成了木乃伊，乾癟了。但是它乾癟的情形卻十分好，五官還可以看得十分清楚，甚至在蠟黃的皮膚上還可以

看到鬍渣子的痕跡。

那是一個廣額，高鼻的人，在生前，這個人的氣勢一定相當懾人。

而那顆人頭，是恰好被放在石棺中的。我的意思是，那石棺是整塊石鑿成的，鑿出了一個凹槽，那凹槽便是人頭的形狀，那人頭放在凹槽之中，天衣無縫。

我看了半晌，才抬起頭來：「這太奇怪了，我未曾見過這樣零碎的木乃伊。」

胡明又搖了搖頭，他走近來，抬起了我因為意外而掉到了地上的棺蓋，放在桌上，然後才道：「你又料不到了，他是完整的。」

我幾乎疑心胡明是白癡了，但是我還是耐着性子：「這是什麼意思，完整的？我可只見到一個頭。」

胡明以十分快的動作，「砰砰砰砰」，將別的幾具石棺蓋一齊推過了一旁，使我可以看到所有石棺中的東西，我明白胡明的意思了。

這具木乃伊，的確是完整的！

它並沒有缺少什麼：在兩隻狹長的石棺中，是兩條手臂，另兩隻較大的長形石棺中，則是兩條腿，而大石棺中所放的，則是身體。

手、足、頭、身體，根本不缺少什麼，你能説它是不完整的麼，當然不能，但是，它卻是分離着的，而不是連在一起的。

看到了這樣的木乃伊，不禁使我的心中，產生出一股極其噁心的感覺來，因為這是違反自然的，毫無疑問，這是古代酷刑的結果。

我退後了幾步：「這木乃伊生前犯了什麼罪，受到了分屍的處分？」

胡明搖了搖頭：「你太沒有知識了，能夠被製成木乃伊的屍體，非富則貴，怎麼會是一個被分屍而死的罪人？」

我向胡明瞪了瞪眼睛：「那麼，這是什麼人？」

胡明道：「我已經考證過了，他是一個在位時間極短的法老王，他的金字塔十分小，一年之前由我帶領工作人員發掘出來。金字塔中並沒有什麼陪葬品，只有這五具石棺，當時排列的方式，就和如今我放在工作桌上的位置一樣。」

我感到十分有興趣，將幾千年之前，早被湮沒了的事，一點一點地發掘出來，那實在是十分有意思的事情。我道：「你還考證到了些什麼？」

胡明道：「金字塔中有一塊石頭，清楚地刻着這個法老王的名字，那絕不會錯，他的一生，在歷史中也有可以查稽的記載，這個人是一個十分憂鬱的

人，他獨身，不接近女人，二十六歲即位，二十八歲去世，他在位的時候，沒有什麼貢獻，本來，這樣的一個法老王，是不值得去研究的，可是——」

他講到這裏，又向那幾具石棺指了一指：「他的木乃伊為什麼會這樣子呢？歷史上絕沒有一個法老王被分屍的記載，關於這個法老王的死，記載上說是突然死亡的，繼位的是他的叔父，他的木乃伊何以被分成了六個部分，這是一個謎。」

我想了一想，自以為是地道：「大概是他的叔父想謀位，將他害死了。」

胡明道：「你不懂埃及歷史，所以才會有這種可笑的想法。」

我不禁大是有氣，抗聲道：「胡明博士，是的，我什麼也不懂，我沒有知識，但請問，你叫我來，是為了什麼？」

胡明「哈哈」地笑了起來：「你一定平時恭維話聽得太多了！」

我仍然沒好氣：「恭維話我聽不到，可是刻薄話倒也聽得不多。」

胡明伸手在我的肩頭上拍了一下：「好了，好了，談正經的，我發現了這六具石棺之後，便朝夕研究何以這位法老王肢體分離的緣故，我請了最有名的外科專家一齊來研究，據幾位外科專家研究的結果，這位法老王的肢體分離，

絕不是任何金屬鑄品切割的緣故，骨骼全是在關節處分離的，自然而圓滑，所有的大小血管，都有封閉而完好的痕迹！」

我忍不住道：「你說什麼？」

胡明道：「切口處的血管，是經過封閉的手術的，就是說，血仍然在手臂中，可以說沒有流出來過。」

我冷笑道：「這幾位外科專家有毛病了，現今要進行這樣的外科手術，尚且十分困難，何況是幾千年之前。」

胡明道：「是的，這一點，他們也知道，但是事實是如此，他們也不得不作出這樣的結論來。」

我搖了搖頭，這是無法使人入信的事情。

胡明道：「我為了這具木乃伊，作了不知多少猜測、假定，但是沒有用處，我甚至還未曾向外界公佈過有關這具木乃伊的事，因為沒有結論。我怕人家會說我故意製造出這樣的一具木乃伊來嘩眾取寵。」

我「唔」地一聲：「現在，你可是有了結論？」

胡明在他上衣的袋子中，取出了一本日記簿，小心翼翼地將夾在其中的一

張剪報，拿給我看：「你且看看這個新聞。」

那是一則花邊新聞，登載這個新聞的報紙，顯然絕不相信它所報導的是事實，所以文字十分簡單，大意是說，在開羅的一幢房子中，有人看到兩隻手，推開房門進去，但沒有身，見者更可肯定，其中右手上戴着一隻貓眼石戒指云云。

我看完了這則新聞之後，一定十分失神落魄，以致胡明連聲問我：「你怎麼了？」

我抬起頭來：「他在開羅。」

胡明連忙道：「誰，誰在這裏？」

我道：「一個人——」

胡明急不及待地道：「一個人，當然是一個人，我的意思是什麼人，何以你的面色如此之難看？」

我定了定神：「這事情太巧了，我必須用很長的時間，才能向你說明，你還是先將你自己所要講的話，先講完了再說的好。」

胡明看了我片刻，才道：「也好，這個花邊新聞，使我忽然想到了一個十分

奇怪的念頭，你看這三分開了的屍體，會不會是他在死前，就已經分開了的呢？」

我望着胡明，他能夠作出這樣的假定來，這說明他是一個想像力極其豐富的人，看他的神情，像是很怕我笑他，但出乎他的意料之外，我卻並沒有笑他，我只是道：「很有根據。」

他停了片刻，才又道：「根據記載，這個法老王是十分孤僻的，他或者有什麼神奇的方法，使得他的肢體分離，或者他是一個魔術師，你知道，在中國和印度，古代都是有着可使人肢體分離的魔術的。總之，這是一件十分值得研究的事情！」

我又點頭，表示同意，然後才道：「胡明，這件事情，你找到我，可以説再好也沒有了，因為我也見過一雙不屬於任何人的手，和不屬於任何人的腳，我並且曾在這樣的腳上，踢過一腳！」

胡明驚訝地望着我：「你！」

我點頭道：「我！」

我將所有的事情，原原本本地向胡明講了一遍，我講得十分詳細。不必我再加油加醬地渲染，事情的本身，已是足夠神秘的了。

所以，胡明的面色，愈來愈是蒼白，而等我講完之後，他的面色已是極其難看了。

我們兩人沉默了好一會，才聽得胡明道：「這實在是太不可思議了，你所講的那個人，鄧石，他分明是具有這種分離自己肢體的神奇力量！」

我道：「你找到的那具木乃伊，他也可能具有這樣的能力！」

胡明伸手，輕輕地敲着自己的額頭：「可是，我仍然不明白，一個人就算是有了這種能力，又有什麼用處呢？這不像是隱身人，人家看不到他，他就可以做許多普通人不能做的事情。」

我只好搖了搖頭：「我也不明白。」

胡明向桌上那些石棺指了一指：「我想，我們只有暫時將這具奇怪的木乃伊放過一邊了，因為有關這具木乃伊，可以研究的資料太少，不如去找鄧石還好些。」

我自然同意：「我找他許久了，如今可算是踏破鐵鞋無覓處，得來——」

我的話還未曾講完，便被一下突如其來的尖叫聲所打斷了。那一下尖叫聲，從上面傳來，接着，便是「乒乓」一陣打碎瓷器的聲音，接着，又是一陣尖

叫聲。這不斷的尖叫聲，任何人聽到了之後，都可以明白上面是發生意外了。

胡明叫道：「女管家！」

我們兩個人幾乎是一齊向上衝去的，當我們衝出了地窖，到了上面的起居室之際，我們看到女管家在掩着臉尖叫。

同時，我們也看到了令她發出尖叫聲的東西來。

那是一雙手！

第五部

偷石棺的一雙手

那僅僅是一雙手，不屬於任何人，可是，我卻可以知道，這雙手是鄧石的。

我不但認得出那一雙手，而且更可以毫無疑問地認出那一隻貓眼石的戒指來。

那雙手顯然「聽」不到女管家的尖叫聲，因為「它們」並沒有要離去的意思。

「它們」只是順着牆，在慢慢地向前摸索着。

這是一件十分奇怪的事情，那雙手是懸空進行的，它們何以能夠不向下落來，這是我那時所最關心的問題（人在突如其來的刺激之中，腦子往往會想及許多無關緊要的事的）。

胡明也完全傻了，他當然是第一次看到一雙不屬於任何人的手。

那雙手不但「聽」不到女管家的叫聲，「它」也「看」不到我們在注視着它。

它們仍然在移動，在半空中緩慢的前進，並且向我們慢慢地接近來。

我是最先恢復鎮定的一個人，因為我究竟不是第一次看到那種離奇的情形。

當我恢復鎮定的一刹間，我想起了小時候聽到的許多有關大魔術的傳說來，中國走江湖的魔術家，常常在街頭演出「大卸八塊」。

據說，如果有人在一旁，捉住一隻蒼蠅，等魔術家砍下一條腿的時候，便拉下蒼蠅的一條腿來，那樣就會破了魔法，使得被大卸八塊的人，再也不能復原了。

我如今自然沒有法子立即去捉一隻蒼蠅來，而且，如今我們所看到的那種奇幻的情景，也是遠遠地超過了魔術的範疇了。

我應該怎麼辦呢？

如果我能捉住這兩隻手？

一想到這個念頭，我心頭不禁亂跳了起來。

的確，我如果可以捉住這兩隻手的話，那麼，我還有什麼秘密不可以偵知的呢？我連忙向前跨出了一步，那雙手便像是知道了。我無法明白它們是以什麼方法獲知的，但它們的確是知道了，因為它們立時靜止不動。

我呆了一呆，立時再向前撲去，我雙手一齊用力向其中的一隻手按去，我已碰到了那隻手，那隻手是冰冷的，我可以說從來也未曾摸過冷到這樣使人心震的東西。但是我還是用力向下按去，要將它按住。

可是，也就在這時候，另一隻手，倏地握住了拳頭，一拳向我的下頜擊來。

這是力道極大，而且又是我全然未曾提防的一拳！

我的身子，不由自主向後一仰。我的雙手，當然也突然鬆了一鬆。

那一雙手以快得使人不能相信的速度，向後退去，它們是穿窗而出的，等

我站穩身子，再奔向窗口去時，已什麼也看不到了。

我轉過身來，女管家已停止了叫喚，胡明則面青唇白地望着我。

我苦笑了一下：「給他走掉了！」

胡明的口唇哆嗦了好一會，才道：「我……我很佩服你，你的膽量竟如此

之大。」

我道：「那沒有什麼膽大，我確實知道這雙手屬於一個人，絕不是什麼鬼

怪，那有什麼可怕的，那只不過是一雙手而已！」

胡明的聲音，聽來像是在呻吟一樣：「可是那……卻是這樣的一雙手！」

我道：「我們不必在這裏討論這些了，我想鄧石的手在這裏出現，一定是

有道理的，他人可能也在附近，我們去找他。」

胡明拉住了我：「這裏附近的屋子全是宿舍，你怎能進去搜人？」

一聽得他那麼說法，我也不禁站住了腳。因為即使是開羅大學校長，也不

92

能任意搜尋教授宿舍的。

我想了一想：「我相信這雙手還會再來，它出現，一定有目的，說不定目的便是在地窖！」

我才講到這裏，地窖中便傳來了「砰」地一聲巨響！

那一下聲響十分響亮，分明是有一件十分巨大的東西跌到地上所發出來的。

我和胡明相顧愕然，那女管家已面無人色地向外奔去，胡明連忙又攔阻她。也就在那時候，地窖傳來了第二下聲響。

第二次「砰」地一聲，不如第一下來得響，我叫道：「胡明，別理會管家了，我們到地窖去！」

胡明被我叫住，可是刹那之間，他驚惶失措地站着，竟不知如何才好！我立即向地窖中衝去，他看到我有了行動，才跟在我的後面，地窖的門洞開着，我一走進去，便看到那兩下聲響發生的由來了。

在工作桌上的五具石棺，有兩具的棺蓋，已被打開，一具是身子的，一具是放頭的。

那木乃伊的身子，仍在石棺中，但是，那木乃伊的頭不見了。

地窖中沒有任何人，只是充滿了陰森和神秘，就在這樣陰森和神秘的氣氛中，一個木乃伊的頭不見了，不知去向了。

胡明像是中了邪一樣，喃喃道：「不，不！」

我轉過了身子，扶住了他的肩頭，用力地搖着他的身子：「是的，是的，木乃伊頭不見了，是被那雙手偷走的。」

胡明望着我苦笑，我又道：「剛才我已經向你說過了，鄧石的手來你這裏，是有用意的，現在已經證實，他來，就是為了偷那木乃伊的頭。」

胡明總算漸漸地定下了神來：「他偷走了那個頭，有什麼用處？」

我搖頭道：「我也不知道，但是我們曾經假定，鄧石和這個已成了木乃伊的法老王，雖然在時間上相隔了幾千年，但他們有共同之處。」

胡明又歎了一口氣，道：「是的，我們假定，他們的肢體可以分離活動——這實在是十分荒謬的一項假定！」

我沉聲道：「可是你見過，我也見過！」

胡明雙手捧着頭，在沙發上坐了下來，我將兩隻跌在地上的棺蓋，捧了起來。

94

那大的一隻棺蓋，並沒有損壞，可是小的那隻，又跌崩了一角。

那第二次跌崩了的一角，是連接着我上次跌壞了的那一塊上的。我在將棺蓋拿起來之際，看到缺口上，似乎閃耀着一種金屬的光芒。

我呆了一呆，仔細看去，一點也不錯，那是一種烏金色的金屬光輝，是由嵌在石中的一小片金屬片發出來的。

我立即又發現，那棺蓋是兩塊石片小心地合成的，而那片金屬片，則被夾在中間。

那兩片石片合攏的工作，做得十分精巧，若不是跌破了，露出了被夾在當中的金屬片的一角來，是絕不容易發現石中另有乾坤的。我連忙抬起了頭來，向胡明招了招手：「你來看。」

胡明站了起來，來到了我的身邊，當他看到了石棺的蓋中，竟夾有一片金屬片，他也不禁為之怔地呆了一呆。

我問道：「那是什麼？」

他道：「先弄出來再說。」

我們試圖撬開合在一起的石片，但是卻做不到這一點，於是，我們只好用

鎚子將整個棺蓋打碎。我們的動作十分小心，不多久，我們就將上面的石片打碎了，但是金屬片還是緊貼在下面的石片上。

我們再砸碎了下面的石片，又剷去了黏在金屬片的石碎——那兩塊石頭，是以一種黏性強烈得驚人的東西膠合起來的，那種黏性如此之強的東西，究竟是什麼，我沒有法子知道。

那塊金屬片，約莫有一呎見方，很薄，閃着烏黑色的光芒，看來像黑色的雲母片，十分堅韌，用手指叩上去，發出一種奇異的「鏘鏘」聲。

等到金屬片完全被取出來之後，我們立即發現，在金屬片向下的一面上刻滿了一種奇異的文字。

我看到胡明聚精會神地在研究着那金屬片上的文字，以為金屬片的秘密立即可以揭曉，因為胡明是埃及古代文字的專家，他應該可以認得出金屬片上的古怪文字。

可是，我的估計錯了。

五分鐘後，胡明抬起頭來，他的面上，一片茫然：「衛斯理，這是什麼文字？」

我絕未料到他會有此一問，當然答不上來，我從來也未曾看到過這樣的文字，我甚至不以為那是文字，而以為那更接近花紋。

我搖了搖頭。

胡明道：「問你啊，如果是埃及古代的文字，你應該認得。」

我的心中，忽然又一動，在那片刻間，我又起了一個十分奇怪的念頭。放置木乃伊頭的石棺蓋中，有着這樣的一片金屬，那是一個秘密。如果這棺蓋不是被不小心在地上跌了兩次的話，那麼這片金屬片，可能永遠不被發現。

而那個木乃伊頭，失蹤了，那和棺蓋中的金屬片是不是有着某種聯繫？

譬如說，假定木乃伊頭是鄧石盜走的，那麼會不會鄧石知道有這樣的一具木乃伊，又知道木乃伊頭部有秘密，但卻不知道秘密何在，他的雙手便盜走了木乃伊的頭，而未曾留意棺蓋？

當然，這一連串，全是「假定」。

然而，一連串假定，卻也說明了一點真實的情形，那便是，鄧石仍是事情的主角！

我將自己的假定對胡明說了一遍，胡明沉思了片刻：「你的假定很有理

由，如今我們的當務之急，便是找到鄧石這個人，可是——」

他講到這裏，頓了一頓，不再講下去。

事實上，他不必說，我也可以知道他要講什麼了，他是想說：可是我們怎樣找到他呢？

我道：「若然我的假定不錯，鄧石是想在這具木乃伊上，得到什麼秘密，如果他未能得到，他一定會再度前來。」

胡明駭然道：「他的手？」

我點頭道：「是的，我們等着他的手，他的手來了之後，我們小心跟蹤它們，手總要回到手臂上去的，那麼我們就可以找到他人的所在了！」

那女管家逃走了沒有再回來，屋中變得更清靜。

我和胡明兩人，各據一張躺椅，在地窖的門口等候着鄧石的雙手。

我是根據了一連串的假定，才得到鄧石的雙手會再度光臨的結論的。如果我的假定不正確，當然鄧石的雙手就不會來了。

我們雖然是在等候着「假定」的結果，卻都十分認真，我幾乎沒有闔眼，胡明也是，一直到了清晨三時，胡明才睡着了。

那時候，我的睡意也極濃，我幾次想好好地躺在椅上睡一覺，但總算硬撐了下來。我一直支持到清晨四時左右。

鄧石的雙手，果然來了！

那是一種極其難以形容的景象，一雙手，來了。一雙手，是那麼突然地，出現在眼前，想定神看清楚時，那一雙手，便已經推開了門，在向內飄了進去。

我一個翻身，站了起來，來到了胡明的面前，將他推醒，我只講了兩個字：「來了！」

胡明立即會意，他四面張望着，當然，他看不到什麼，我低聲道：「已經進去了。」

胡明也低聲道：「是的，一雙手。」

我點了點頭：「是的，一雙手。胡明，這雙手除了能夠單獨活動之外，和我們的手，可以說沒有什麼不同，它不能聽，也不能看，只不過它對四周圍發生的事情的反應，卻十分敏銳，我們在跟蹤它的時候，必須十分小心才好。」

當我在講話的時候，地窖之中，我們已傳出了好幾下「砰砰」之聲，是以胡明急道：「我們難道不進去看看它在作什麼？」

我慢慢推開了門：「我們不進去，只在門口看着它，然後，當它退走的時候，我們便跟在它的後面，去找鄧石。」

胡明顯然很難同意我的說法，因為那雙手，這時正在他的工作室中，進行着可怕的破壞，它們翻倒了好幾具木乃伊，又搗亂了許多東西，然後，才又停在工作桌的那五個石棺之上。

它們在那五個石棺上，逐一地摸索着，最後，它們捧起了那石棺。

那石棺十分沉重，那兩隻手居然捧起它，這使我十分驚訝，而當那雙手捧起了這隻石棺之後，便向外飄來了。

這是極端無可解釋的怪現象。

一雙手，可以單獨行動的手，就算它本身是沒有重量的話，石棺一定有重量，何以一雙手和一具石棺，竟能夠克服地心吸力，而懸空前進？這的確是不可思議的事情！

它們漸漸地來到門口，然後，那雙手捧着那具正方形的，沒有棺蓋的小石棺出來了。

我和胡明立即跟在後面，我們跟着它出了門口，那雙手顯然沒有發現有人在跟蹤它，而且，由於它捧了一具沉重石棺的緣故，它的行動也不像上幾次那樣快捷，我們要跟蹤它，並不太困難。

十五分鐘之後，我們已來到了一條街上，那本就是十分冷僻的所在，再加上這時正是清晨四時和五時之間，自然什麼人也沒有。但是，在街邊卻有一輛車停着，而那一雙手，則直向那輛車子而去。

我心中不禁緊張了起來，鄧石難道就在車中？

我和胡明互望了一眼，我們一齊加快了腳步。

那雙手到了車旁，我們都看到，車子是空的，但是車窗開着，那雙手將石棺從車窗中拋了進去，然後，它也進了車窗。

這時候，我們都知道，這雙手，要駕駛着車子離去了！我們自然更加道，如果車子離去的話，我們徒步追蹤，是絕追不上的！

那是逼我們採取行動的時候了！

我向胡明一招手，我們立即向車子奔了過去，當我們奔到車子旁邊的時候，已經聽到了車子引擎發動的聲音，車子快要開動了！

我已然有了打算，是準備一到車旁，立時打開車門，阻止那兩隻手的動作的，可是，當我來到了車旁，一拉車門之際，車子卻已然發動了！

那雙手扶在駕駛盤上，也就在那時候，我看到了一雙腳，那一雙腳在操縱着油門和其他。

一雙手，一雙腳，沒有身子，沒有別的，但是對開車子而言，一雙手，一雙腳也已足夠了。

車子猝然開動，我手握在門把上，向前奔出了幾步，如果我再不放手的話，我勢必要跟着車子賽跑，我又怎跑得過車子？

然而在如今這樣的情形之下，我卻不肯放手。

因為我好不容易，有了跟蹤鄧石的機會，若是我錯過了這個機會的話，我上哪兒找他去？

車子愈開愈快，我已不能多考慮，一聳身，手從車後打開的窗子中伸了進去，勾住了車門，身子懸空地掛着。胡明目瞪口呆地望着我，我立即便看不見他了，因為車子這時已轉了彎。我一看車子轉彎，心中便呆了一呆。我立即想到，一雙手和一雙腳，可以操縱車子的機器，但是卻難以避開車子的障礙的，

因為手上和腳上，是沒有視覺器官的，那麼，車子又何以能恰當地轉彎呢？

我連忙轉過頭，向車中望去，我本來是伸手勾住了車窗的，當然那不很穩，但也可以掛住我的身子。可是當我一回頭之際，我的手臂不由自主一鬆，我便跌了下來。

我在地上滾了幾滾，撞在牆上，才止住了滾跌的勢子，我伏在地上，抬起頭來，車子已開遠了。

剛才，我之所以會突然鬆開了手臂，跌了下來，並不是有什麼力道向我攻擊，而是由於我在向車內一望之下，所產生的那股驚懼。

我在向車中一望的時候，看到了鄧石的頭！

不錯，在駕駛位上，除了一雙手和一對足之外，又多了一個頭！

看到了一雙不屬於任何身子的手，本來已是怵目驚心，夠令人吃驚的了，但比起一顆不屬於任何身體的頭來，卻差得遠了。

而且，我看到的鄧石的頭，他皮膚顏色之難看，是我從來也未曾看到的。

那是死人的顏色。但是那卻又是個活人，而且，當我轉過頭去看他的時候，那個頭也轉過來，向我望了一眼。

那一眼，就是令得我突然跌下來的原因。

我自問不是膽小的人，但是一個人頭，不屬於任何身子，膚色又如此之難看，忽然向我望了一眼，這卻也使我難以忍受。

好一會，我才站起身來。

當我站起來之後，我聽到有一陣急促的腳步聲傳了過來，我幾乎可以立即肯定，那是胡明。

果然，我還未曾轉動身子，胡明便已轉過了彎，向我奔過來了。

他一到了我的身邊，便急急地道：「怎麼樣？怎麼樣？你沒有追上去麼？」

唉，我的意思是說，你何以從車上跌了下來了！」

我苦笑着，搖了搖頭，心中亂得可以。

胡明問我為什麼從車上跌下來了，這個問題，叫我如何回答才好呢？我只好道：「我看到了鄧石。」

胡明也知道事情絕不會就是那麼簡單的了，他也呆了片刻，然後才道：「你看到了他的什麼？」

我握住了他的手臂：「我們先走回去再說。」

我和胡明，向前走回去，走出了十來步，我才道：「我看到了他的雙手、雙足，還有⋯⋯他的頭。」

胡明幾乎像是在呻吟一樣：「他的頭？」

我道：「是的，一顆頭，唉，胡明，老實說，我一生之中，看到過許多可怖之極的東西，但是卻再也沒有比一顆活的頭顱更可怕的了。」

胡明連聲道：「我可以想得到，我可以想得到的。」

我們進了校園，回到了胡明的家中，一起在沙發上坐了下來，相對默然。

的確，在如今這樣的情形之下，我們還有什麼可說的呢？我們兩人都被一種極其恐怖、神秘的氣氛緊緊地壓着，幾乎連氣也喘不過來！

我們就這樣坐着，直到天亮，當曙光射進屋子中的時候，我們仍然不想動，屋中的光線愈來愈是明亮，直到天色大明了，我們才似乎略為輕鬆了一些，我歎了一口氣：「我看，我們應該放棄這件事了。」

胡明搖頭道：「不，你可以放棄，我還要繼續下去，一具古代木乃伊，分為六個部分下葬，而又有一個活人有這樣的分離情形，我怎能不繼續下去？」

我徘徊了片刻：「當然，我也希望可以繼續追索下去的，但是我相信，我

們再也見不到鄧石這個人了。」

胡明奇怪道：「為什麼？」

我道：「當我看到他的人頭時，那頭也回了過來，望到了我。」

胡明不出聲了，他身子震了一下，半晌不出聲，才道：「衛，你假定他要在我這裏找一樣秘密，如果他仍然未曾找到這秘密，你說他會不會再來？」

第六部

神秘木乃伊的**來龍去脈**

我的心中一動，反問道：「你是指他要找的秘密，就是我們無意中發現的金屬片？」

胡明點了點頭。

如果鄧石始終未曾找到秘密的話，那麼他會再來。但我不想再繼續下去，再也見不到是一個藉口而已。事實上，我是不敢再去見鄧石了。

我絕不是膽小的人，許多許多人都可以毫不猶豫地為我證明這一點。但是，當我在看到了一顆不屬於任何身體的活人頭之後，我卻是一想起來便忍不住噁心，我再也不想看到第二次了。

胡明又問道：「怎麼樣？你說他有沒有可能再來？」

我只得承認道：「當然有可能，但是我……我……卻想放棄這件事了。」

胡明以一種奇怪的眼光望着我：「這不像你的為人！」

我搖頭道：「不，那只不過因為你——」

我是想說他是因為未曾見過鄧石的人頭，所以才如此要繼續下去的。但是，我的話還未曾講完，電話鈴突然響了起來。

胡明拿起了電話，他面上的表情，忽然變得十分奇特，向我招了招手：

「你的電話！」

我比他更奇怪了，我反問道：「我的？」

我到開羅才一天。可以説根本沒有人知道我在這裏，是誰打電話來給我呢？我急步走到電話旁，從胡明的手中，接過了電話聽筒：「誰？」

那邊的聲音十分陰森：「衛斯理？」

我一聽到那聲音，手陡地一震，聽筒幾乎自我的手中跌下。我要竭力鎮定心神，才能夠回答：「是的，鄧先生。」

我故意將「鄧先生」三字，叫得十分大聲，那是要胡明知道打電話來的是什麼人。果然，胡明的面色也變了。

鄧石笑了一下：「你的聲音不怎麼自然，其實，我們在這裏也見過了面，你聽到了我的聲音，不應該如此害怕。」

我簡直沒有還言的餘地，我只好勉強地乾笑着。

鄧石道：「我想見見你們，你和胡明教授——」

我才道：「你可以來我們這裏的。」

鄧石道：「不，我不能來，我給你們一個地址，請你們來看我，我們之

間，其實可以有很多事可商量，你們一定會接受我的邀請的，是不是？」

我吸了一口氣：「好，你在什麼地方？」

鄧石講了一個地址給我聽，然後道：「我等着你。」

我將這個地址轉述給胡明聽，胡明皺了皺眉頭：「這是一個十分骯髒冷僻的地方，他怎麼會住在這樣的一個地方的？」

鄧石住在什麼樣的地方，這一點我不想加以追究，我只是想決定自己應不應該前去。

我望着胡明，胡明已然道：「還等什麼，立即去！」

我道：「難道你一點也不懷疑那是一個陰謀麼？」

胡明呆了一呆，但是他卻固執地道：「即使是陰謀，我也要去，你——」

我連忙打斷了他的話頭：「你別瞧不起我！」

胡明本來，分明是想要我不必去的，但是我的話講在他的面前，他自然不好意思說出來了。我們兩人，一齊出了門口。

胡明駕着他的車子，我坐在他的旁邊，我們一齊向鄧石所說的那個地址駛去，在接近那個地址的時候，不得不下車步行，因為路實在太窄了，車子無法

110

通過。誠如胡明所言，這是十分骯髒的地方。

我們穿過了幾條小巷，到了一幢破敗的石屋面前，停了下來。

那正是鄧石給我們的地址了。

而當我們在門口張望的時候，一個小孩子走了上來，用十分生硬的英語道：「你們，可是來找鄧先生的，是不是？」

那小孩道：「請跟我來。」

我不禁疑惑：「孩子，他叫我們到這個地址來找他的。」

可是那小孩仍然道：「請跟我來。」

我們沒有法子，只好跟着那孩子前去，那孩子帶着我們，又穿過了許多小巷，來到了另一幢石屋的面前，那石屋比較整齊些。

那孩子大聲地拍着門：「鄧先生，我將你的客人帶來了！」

本來，我和胡明兩人，對於那個突如其來的孩子，心中還不無懷疑的，我甚至還曾後悔當時為什麼不到那個地址中去查看一下，便跟着那孩子來了。

但是，我的擔心，顯然是多餘的了。

因為那孩子一叫之後，我們立即就聽到了鄧石的聲音道：「進來，請

進來。」

那孩子推開門，讓我們走了進去，門內是一個小小的天井，鄧石正在天井中來回踱步，他見了我們，向我們點了點頭，又給了那孩子一點錢，打發了那孩子走，又關上了門。

然後，他才轉過身來：「請進屋中去坐。」

那間屋子並不很寬敞，但還算整潔，為了防止有什麼意外，我和胡明使了一個眼色，等鄧石自己進了那屋子，我們才跟了進去。

屋中的陳設很簡單，我們才一走進去，便看到了放在桌上的那方形石棺中的木乃伊頭，這正是鄧石分兩次在胡明的地窖中取來的東西。

我一進屋，便冷笑了一聲：「怎麼樣，叫我們來參觀贓贓麼？」

鄧石歎了一口氣：「衛斯理，我們之間，不能消除敵意麼？」

鄧石的態度，頗出我的意外，但也使我有了戒心，我冷冷地道：「敵意？那是你建立起來的，你還記得在警局中，你如何地警告我？」

鄧石道：「那是過去的事了，是不是？」

我仍然不明白鄧石安的是什麼心，看來，他似乎想與我和解，但是他為什

麼要與我和解呢？

我找不出原因來，這令得我認定那是一項陰謀。

所以，我繼續保持着戒心：「我們來了，你要見我們，究竟是為了什麼，可以直說。」

鄧石望了我片刻，終於道：「衛斯理，其實這件事和你一點也不相干，我想向胡博士討一點東西，和他共同研究一個……問題。」

鄧石這個滑頭，他想撇開我，而且他言語中，還大有挑撥我和胡明間的關係之意，他未免太異想天開了，我當然不會對他客氣，我立時冷笑道：「鄧先生，有我在場的任何事情，都與我有關。」

鄧石和我互望了一會，他才攤了攤手：「好的，就算與你有關好了！」

他愈是擺出不願意和我爭執的樣子，愈是使我相信，他的心中，有着不可告人的陰謀在！

胡明直到這時才開口：「你要什麼？」

鄧石來回踱了幾步，然後，伸手指着那木乃伊道：「胡博士，你研究這具木乃伊已有許久了，當然也已發現了這具木乃伊的秘密，是不是？」

胡明卻搖了搖頭，道：「你錯了，我一直沒有成績，並沒有發現什麼秘密。」

鄧石的面上，露出了一絲驚訝的神色來：「你未曾研究過為什麼這具木乃伊要被分成六個部分？」

「我研究過，但不得要領，我只有一個假定，我假定這個孤獨的法老王，在生前，有着一種特殊的本領，可以使自己的肢體分離。」

胡明講到這裏，頓了一頓，然後又道：「和你一樣。」

鄧石陡然一震。但他顯然想起在我們面前，這已不是什麼秘密了，所以他立時恢復了原狀。

胡明這才又道：「我的假定，是不是合乎事實，我想你是知道的。」

鄧石送了一頂高帽過來：「胡博士，你能作出這樣的假定，這證明你是一個想像力豐富，絕頂聰明的人，所以你才在科學上有那麼偉大的成就！」

我唯恐胡明聽了之後會飄飄然，忙道：「廢話少說，你究竟想要什麼？」

鄧石道：「這事必須從頭說起，關於這具木乃伊，我所知道的比胡博士多。」

胡明乃是一個標準的「木乃伊迷」。世界上有許多迷，居然也有「木乃伊迷」，這真是「世界之大，無奇不有」了。胡明一聽得鄧石說他對這具木乃伊知道得更多，便立時着了迷，也不管鄧石是敵是友了，連忙急不及待地道：

「你知道些什麼？」

我知道，在如今這樣的情形下，如果去打斷鄧石的敘述，那麼胡明可能會和我翻面成仇，所以我只好耐着性子等着。

當然，我雖然不是木乃伊迷，但是對這具神秘的木乃伊的來龍去脈，我還是有興趣傾聽的。

鄧石向我望了一眼，看我沒有反對的意思，才道：「這具木乃伊生前，是一個生性孤僻的法老王，我敢斷定，他曾經有過一件奇遇，使得他進入了一個十分奇幻的境地之中——」

我插嘴道：「喂，你是在敘述事實，還是在編造故事？」

胡明卻毫不留情地斥責我：「別多口，聽鄧先生講下去。」

鄧石歎了一口氣：「在這樣的情形下，一件非常奇怪的事情發生了，他變成了一個肢體可以游離活動的人。這種事，在如今尚且是引人震驚，不可思議

的，何況是古代的埃及？於是，他只得深深地躲了起來，可是，他終於被人發現了，當他被發現的時候，他的肢體正是在游離狀態之中，人家以為法老王被謀殺了，按住他分離了的肢體，但法老王卻講了話，於是又被認作是妖魔，這可憐的法老王，可以說是被生製成木乃伊的。」

鄧石的話，十分聾人聽聞，所以，我和胡明兩人聽了，都不出聲。

呆了片刻，鄧石才以緩慢的聲音道：「過了兩千多年，同樣的奇異的遭遇，才降臨在第二個不幸的地球人的身上！」

我沉聲道：「這個人便是你，鄧先生？」

鄧石點了點頭。

室內又開始沉默，過了許久，胡明才道：「這是什麼樣的奇異遭遇呢？」

鄧石避而不答，只是道：「我只知道有一個人是和我遭遇一樣的，這個人是古代埃及的一個法老王，他當然已經死了，但是我必須找到他，因為我知道有一些秘密在他的身上，我經過了無數時間的調查，才知道這個法老王的木乃伊已被發現了，但是卻在胡博士那裏，所以我才去尋找我要找的東西的。」

胡明道：「就是這木乃伊頭？」

116

鄧石道：「不是，那應該是一張紙、一塊石頭片，或是——」

胡明失聲道：「一張金屬片？」

鄧石的眼中，陡地一亮。

我則立即伸手，按住了胡明的肩頭：「在鄧先生根本未曾對我們講出什麼真相之前，我們也是不應該多講什麼的。」

鄧石瞪着我，當然他在恨我破壞了他的計劃，如果是他單獨對付胡明的話，可能他早已達到目的了。他呆了一呆：「原來是一片金屬片，上面一定有許多文字的，是不是？」

我和胡明，都沒有反應。

但即使我們沒有反應，他也可以知道他猜對了。

他來回踱了幾步：「我可以以任何代價，來換取這片金屬片，任何代價。」

他連講了兩遍「任何代價」，停了下來，但是停了並沒有多久，便又大聲道：「任何代價！」

他的態度使我們覺得十分有趣，因為我們看到，我們的手中，已握住了王牌，我們的王牌，便是那一片金屬片！

只要我們有這一張王牌在手，鄧石絕對無法和我們繼續敵對下去。當然，我們這時還不知道那金屬片究竟有什麼用途，但是我們卻可以肯定，鄧石亟希望得到它，非得到它不可！我和胡明對望了一眼，我使了一個眼色，示意他不必開口，一切條件，由我提出，我道：「什麼叫作任何代價？」

鄧石道：「那是你們想得出的代價，譬如說，我在馬來西亞，有七座錫礦，和三座橡膠園，都可以給你們作為交換的代價。」

我望着他，還未曾出聲，他又已急急地補充着，道：「還可以加上一座我在錫蘭的茶山。」

我搖了搖頭。

我相信，你就算再加上一座南非的鑽石礦，我們也不會心動。」

胡明在一旁大點其頭，他對我的話極其同意。

鄧石道：「鄧先生，你說來說去，全是物質上的東西，金錢上的代價，我們所要的條件，不是別的，就是要你的全部秘密。」

鄧石驚愕地睜大了眼睛：「那麼……那麼你們要什麼條件呢？」

我站了起來，來回踱了幾步：「鄧先生，事情已到了如今這地步，我們大家不妨都開誠布公了，我們所要的條件，不是別的，就是要你的全部秘密。」

他變得面色蒼白，而且在他的雙眼之中，也迸射出了一股難以形容的恨

意，他定定地望着我，在剎那間，老實說，我也有毛髮直豎的感覺。

我吸了一口氣，勉力鎮定心神，又道：「我們的意思就是，在你第一次有奇異的遭遇起，一直到如今為止，所有的一切，你全要講給我們聽，絕不能有一絲一毫的隱瞞，那麼，我們──」

我的話並沒有講完，便停了下來。

我之所以突然住口不言，並不是有什麼人打斷了我的話頭。而是我愈是向下講，鄧石的眼中，那種揉合着仇恨和憤怒的眼光，便也愈甚。這使我知道，我再講下去，也是沒有用的，所以我住了口。

在我住口之後，屋子中一段長時間的沉默。

我和胡明兩人都不出聲，而且我們兩人，離得相當之遠，那是我們以防萬一的措施。

因為這時候，鄧石臉上的神情，駭人到了極點，我們真的害怕他的頭會突然飛了起來張開口，向我們大口咬來！

好一會，鄧石才緩緩地道：「你們如果現在不接受我的條件，一定會後悔的。」

我立即毫不客氣地回敬：「如果你現在不接受我們的條件，你才會後悔。

告訴你，為了避免保存那金屬片所引起的與你的糾葛，我們決定立即將這金屬片毀去，讓它不再存於世上。」

鄧石像被利劍所刺一樣地尖叫起來：「不！」

我卻冷笑一聲：「是的。」

鄧石在喘着氣：「我在東南亞的產業，你們全然不必費心，只要請人代管，每年便可以有六百萬美金以上的收益。」

我仍然搖頭：「我和胡教授，都不等錢來買米下鍋，你不必枉費心機！」

鄧石雙手按在桌上，身子俯向前，以一種可怕的眼光注視着我：「你們硬要知道一個人最不願人知的秘密，這太無聊了！」

我聳了聳肩：「鄧先生，你弄錯了。不是我們硬要你講出自己的隱私來，而是你來找我們，有事來求我們的，對不對？」

鄧石又望了我好一會：「關於我在東南亞產業的轉移，只要我寫下轉讓書，我在東南亞的律師，便會辦理。」

鄧石再一次想用巨額的金錢來打動我們的心，我和胡明不約而同地站了起

來：「既然如此，我們走了。」

我們故意要離去，想引鄧石發急，想引鄧石發急，他真的發急了。

但是鄧石發急的結果，卻是我們料不到的，我們以為他會屈服，會將他的秘密講給我們聽，但事實上，卻不是這樣。

他大喝一聲：「別走！」

當我們兩人陡地轉過身來之際，發現鄧石的手中，已多了一柄手槍。我一眼看出，那是一柄殺傷力特別強的德國軍用手槍。

這種槍在發射的時候，會發出可怕的聲響，也會在射中的目標上，造成可怕的傷口！

我呆了一呆，胡明已厲聲道：「你想作什麼？」

鄧石的面色，十分難看：「你們不肯幫我忙，我沒有辦法，我到了絕路，只有你們可以幫助我，但你們卻不肯，那就只好同歸於盡。」

我望着鄧石：「你到絕路？這是什麼意思，我們不明白。你不肯將你自己的遭遇對人說，卻說人不肯幫助你，這算是公平的指責麼？」

鄧石道：「好了，如今我說了，我已到了絕路，將那金屬片給我！」

我伸手緊緊地握住了胡明的手臂，並且將胡明的身子，慢慢地拉到了我的

後面，然後我道：「請你告訴我們，為什麼你已到了絕路。」

鄧石怒叫道：「我不說，我不會說的！」

就在他怒叫之際，我右臂猛地向後一揚，將胡明摔得向後，直跌了出去，

我自己的身子，也向後倒躍了出去，胡明重重摔出，撞倒了大門，我和他是一

齊從門口向外跌出去的。

接着，槍響了！

槍聲轟然，令得我們剎那之間，聽不到任何別的聲音。

事實上，我們也不要去聽什麼聲音，我們只是向前拚命地奔，然後，我們

跳上一輛街車，吩咐司機駛回胡明的宿舍去。

一回到家中，我便道：「快，快拿了那金屬片，我們先躲起來。」

胡明道：「我們躲到什麼地方去？我在學校中的工作，放不開的很多。」

我——」

我不等他講完，便道：「別多說話了，聽我的話！」

胡明取了那金屬片，我們立即又回到了市區，在一間酒店中住了下來，胡

明向學校請了假。

我的計劃是這樣的：鄧石既然已到了絕路，那麼他一定會用盡方法來找我們。

當他再找到我們的時候，他的態度一定不會如此之強硬，他就會向我們屈服的。

第二天，我們在報上看到了「神秘槍聲」的消息。我們足不出酒店地過了三天。在這三天之中，為了小心起見，我們對鄧石這個怪人的遭遇，作了種種的猜測，可是推測不出什麼名堂來。

第四天早上，我正在浴室淋浴，在這時候，我彷彿聽到有人叩門的聲音。

因為時間還很早，我以為那是酒店的侍者來收拾房間的，而且，胡明也是相當機智的人，所以我並沒將這敲門聲放在心上。

可是，等我淋浴完畢，從浴室中出來的時候，我便知道發生意外了。

胡明不在房間中，我們睡的是雙人房，他的牀上，凌亂之極，像是他曾在牀上作過掙扎，房門半開着，這一切都表明曾經發生過意外！

我忙叫道：「胡明！胡明！」

我一面叫，一面急不及待地披着浴袍，要向外面衝出去，可是，我還未曾走出去，便有人叩門，我忙道：「進來，門開着。」

推門進來的是侍者，我們已經很熟了，我連忙問：「胡先生呢？哪裏去了。」

那侍者道：「我們正在為這事奇怪，胡先生像是中了邪一樣，他……腳步跟蹌地下了電梯，我想跟下去，但是他卻將我推出了電梯，他……他可是喝醉了麼？」

我更感到事情的嚴重性了！

我忙又問：「他一個人麼？」

那侍者道：「是的，他一個人，可是看他的樣子，唉，我該怎麼說才好呢？」

我已開始脫下浴袍，一面催他：「你以為該怎麼說，就怎麼說好了。」

那侍者苦笑了一下：「如果經理知道我這樣講的話，他一定要譴責我了。胡先生雖然是一個人，可是看他的情形，卻像是被什麼人逼着走進電梯的一樣。」

我幾乎要叫了出來，鄧石，那一定是鄧石！我道：「你可曾看到一雙手，

「一雙手在威脅着胡先生麼？」

那侍者用一種十分怪異的眼光望着我，其實任何人聽到了我的話，只要他神經正常的話，是都會用那種眼光望着我的。

我不再説什麼，只是回頭望了一眼。

我的眼睛望向掛在牆上的那幅油畫。

那幅油畫本身絕對沒有什麼特別，我在這時之所以會回頭望上一眼，完全是為了我們一住進這酒店之時，便將那金屬片貼在畫框後面。

那幅畫沒有被移動過，因為我們在畫的四角，都曾做下記號。而如今，畫框的角，仍然恰好在記號之上。

我以最快的速度穿好了衣服，然後向外走去。

那侍者連忙退了出去，我着急得來不及等電梯，而從樓梯上直衝下去。

出了酒店的大門，我心中也不禁沮喪起來。

胡明離開已經有一會了，我上什麼地方去找他呢？開羅並不是一個小城市，要無頭無緒地去找一個人，談何容易！

我先過了馬路，四面張望着，想發現胡明的蹤迹，當然那是枉然。然後，

125

我又寄以萬一希望，回到了路中心，問那個正在指揮交通的警察，他可曾看到一個矮小的中國人從酒店中以異樣的態度走出來。

那個警察以一種十分不耐煩的態度對着我：「沒有，沒有，你看不到我正在忙着麼？」

我碰了他一個釘子，無可奈何地退了回來，當我站到了馬路邊上的時候，只看到一個提着一隻竹籃，看來像是一個小販似的老婦人，向我走了過來，在我的面前站定，向我望着。

我轉過頭去，不去看她，她卻問我道：「你是在找一個中國人，姓胡的，是不是？」

我吃了一驚，再仔細去打量那老婦人，那實在是一個十分普通的老婦人，而絕不會是什麼人的化裝，我十分驚詫地道：「是啊，你是——」

那老婦人道：「我知道那中國人的所在，可以告訴你，但是我要代價。」

我塞了一張面額相當大的鈔票在她的籃中，她看了一眼，才喜道：「那人說得果然不錯，他是一個好人，可惜他的雙手斷了。」

老婦人的嘮叨，本來是最討人厭的，可是這時候，那老婦人的自言自語，

卻使我吃驚！

她說的「那個人」，當然就是叫她來找我，説是知道胡明的下落的那個人了。

而那個人雙手是斷了的，我幾乎立即想到，那人是鄧石，鄧石的雙手不是斷了，而是離開了他的身子去活動了，去將胡明帶走了。

我忙道：「你快告訴我那人在什麼地方，快！」

老婦人向前指了一指，前面是一條長而直的大道，她道：「你一直向前走去，就可以有機會碰到他。」

我又問道：「他究竟在哪裏呢？」

老婦人講的，還是那一句話，我問不出其他什麼來，便向前急急地走了過去。

因為我知道胡明是一個學者，他絕不是鄧石這樣的人的對手，讓胡明落在鄧石的手中，是十分危險的事情。

我急急地向前走着，一路上不住東張西望。

因為我一直不明白那老婦人的話是什麼意思，何以我向前走，就能和他見

面呢？

我走出了約莫半哩左右，突然聽到一個人叫道：「衛先生！衛先生！」

那人一直不停地叫着，他叫的是中國話，可能他不知道「衛先生」三字是什麼意思。我隔老遠就聽到他在叫了。

我連忙走過去：「你是在叫我，可是有什麼人要你這樣做的麼？」

那人大點其頭：「幸而你出現了，要不然，我可能把喉嚨都叫啞了！」

第七部

捉住了一隻死手

那人一面說，一面塞了一張紙在我手中，就走了開去，我打開紙一看，上面是一個地址。我不知那個地址是在什麼地方，我只好招了一輛街車，將那個地址給那司機看。

那司機皺了皺眉頭：「這是一個很遠的地方。」

我先將一張大額鈔票塞在他的手中：「你照這地址駛去好了！」鈔票永遠是最有用的東西，那司機立時疾駛而去。正如司機所說，那是一個十分之遙遠的地方，車子足足走了近一個小時，才在一幢白色的小洋房前，停了下來。

那幢小洋房十分幽靜，也很雅致，在開羅，那是十分高級的住宅了。

司機向那幢屋子一指：「先生，就是這裏了。」

我抬頭向那屋子看去，屋子的門窗緊閉着，裏面像是沒有人。但是既然我已到了這個地址，我自然要設法進屋子去看一看。

我下了車，來到了屋子門前，按了門鈴，幾乎是立即地，就有人來為我開門。替我開門的是一個埃及僕人，他一開了門之後，便以一種十分恭順的姿勢，將我延進了屋子之內。

屋內的陳設，可以說得上十分華貴，但是太古色古香了些，使人有一種異樣的感覺。我在一張寬大而舒適的沙發上坐了下來，那個僕人退了開去，我等了許久，仍不見有人來，正在感到不耐煩之際，忽然，我所坐的沙發扶手中，有聲音傳了出來：「衛先生，是你來了麼？抱歉，使你久等了！」

那聲音突如其來之際，不免令我吃了一驚，但是我隨即料到，那只不過是傳音機之類的玩意，是不值得我吃驚的，而且，我也聽出，那果然是鄧石的聲音。我怒道：「哼，果然是你。」

鄧石續道：「當然是我，衛先生，由於你太不肯合作，所以我才出此下策，胡博士已被帶到了一個秘密地方，你是決定能否使他恢復自由的人。」

這該死的鄧石！本來，他是要聽憑我們提出條件來的，但是如今，我卻要聽他的條件了，就是因為胡明到了他的手中。

我沉默了片刻，才道：「什麼條件？」

他冷冷地道：「那片金屬片。」

我又沉默了。這令我十分為難，胡明是我的老朋友，如今他落到了這個不擇手段的鄧石的手中，我當然要盡一切力量去救他。

而且，我也確信，當我將那片金屬片交給鄧石之後，鄧石也的確會放回胡明來。

但是，問題就是在鄧石如果得到那片金屬片之後，那我們就再也沒有法子可以知道鄧石的秘密了。我更可以相信，胡明在恢復自由之後，得知他的自由是那片金屬片換來的，知道他再也不能知曉鄧石的秘密之際，他是可能立即與我絕交！

過了好一會，我才道：「還有第二個辦法？」

「沒有，獨一無二的辦法，就是那金屬片，你將那片對你來說，一點用處也沒有的東西交出來，就得回你的朋友。」

我盡量拖延時間：「那金屬片對我來說，倒也不是一點用處也沒有的，至少，有一個時期，它值得十分可觀的金錢。」

鄧石「嘿嘿」的笑着道：「可是，你白白地錯過了這機會。」

我用拳頭輕輕地敲着額角，突然間，我想起如果我能夠在將金屬片交給鄧石之前，便了解到那金屬片上的秘密呢？我需要時間，於是，我道：「請給我時間，我要考慮考慮。」

我的意思是，我需要好幾天的時間，以便去盡量設法了解那金屬片上的秘密，卻不料鄧石道：「可以，我可以給你十分鐘的時間去考慮。」

我不禁陡地站了起來：「十分鐘？開玩笑麼？」

鄧石道：「聽說你是一個當機立斷的人，如果你肯答應的話，現在你就答應了，如果你不肯答應，那麼，給你一年時間去考慮，也是枉然的。」

我怒氣衝天：「好，買賣不成功了，我將立即去報警，看你有什麼好收場。」

鄧石的聲音，卻異常鎮定：「我本來就沒有什麼好收場了，還在乎什麼？可憐的是胡博士，竟交了你這樣的一個朋友！」

我深深地吸了一口氣：「鄧石，如果你肯開誠布公，將你現在遭遇到的困難，切切實實地向我講，那我或者可以幫助你！」

鄧石冷然道：「我不需要你的可憐，我只給你十分鐘的時間去考慮，十分鐘之後，如果我還未曾得到你肯定的答覆，我毫不猶豫地先開槍射死你，然後再去對付胡明，你知道，殺一個人和殺兩個人，是完全一樣的。」

我還想說什麼，可是鄧石講完了之後，立即道：「從現在開始。」

從他那種近乎瘋狂的眼色中，我知道他真有可能照他所講的那樣去做的。

133

十分鐘，我只有十分鐘的時間！

我在他手槍的射程之內，他可以輕而易舉地射中我，看來我除了答應他的「勒索」之外，沒有第二個辦法可以想了。

但我當然不會立即出聲答應他的，我只是試圖踱步，但是鄧石制止我。我抗議道：「我需要考慮。」

他冷冷地道：「你可以站着考慮。」我的雙眼盯在他持槍的手，心中在盤算着，如何才可以將他手中的槍奪下來。就在這時候，怪事發生了。

我聽到在鄧石的喉間，發出了一種奇怪的聲音來，接着，他的腕骨上發出了一陣如同旋開太緊的瓶蓋時所發出的軋軋聲。

然後，他的右手，竟突然離開了他的手腕，向上升了起來。

他的右手是仍然握着手槍的，手和手槍一直向上升着，升到了將近天花板處才停下，我的視線一直跟了上去，等到那手和槍停了下來，槍口仍然對準着我的時候，我仰着頭，只覺得頸骨發硬，幾乎難以再低下頭來。

鄧石已分裂為二了，一部分是他的全身（除了手），另一部分，則是他的一隻右手。

而他的右手，雖然已離開了他的身子，卻還仍然是聽他的思想指揮的，因為那支巨大的德國軍用手搶的搶口，仍然對準了我。

我聽到了鄧石的聲音：「九分鐘！」

原來還只是過了一分鐘！

我慢慢地低下頭來，鄧石正以一種十分陰森的神情望着我：「你看到了沒有？你是全然無法來和我作對，不論你用什麼辦法，只要你在十分鐘之後，不答應我的要求的話，你都不免一死！」

鄧石的話雖然聽來令人反感，討厭到了極點，但是卻也使人不得不承認那是事實。

如果不是鄧石的手，和他的身子分離了開來，那我或者還可以設法冒險撲向前去，將他手中的搶奪了過來，可以反敗為勝——這樣做，可以說是我的拿手好戲了，我是曾經在種種惡劣的情形下，奪過對方的搶械的。

但如今，我還有什麼法子可想呢？他的手離開了他的身體，上升到了天花板上，但是搶口仍然對準我，手指顯然仍可以活動，而我卻無法將它奪下來。

這使我感到一陣昏眩，我失聲道：「這⋯⋯這究竟是怎麼一回事？」

鄧石突然怪笑了起來：「你還不明白麼？我是一個支離人。」

我重覆地道：「支離人？支離人？」

老實說，在這以前，我從來也未曾聽到過「支離人」這個名稱。

我吸了一口氣，鄧石已然道：「還剩七分鐘了。」

我抬頭望了望鄧石，才道：「你是如何才能做到這一點的？我相信你是唯一的這種人了，這實在是……十分令人噁心的。」

鄧石冷笑着：「不論你怎樣説法，我是你無法對付的一個支離人，六分鐘了！」

我後退了一步，當我後退的時候，我偷眼向上看去，看到那隻手也跟着我的移動而動了一下。我知道我是無法退出門口去的。

鄧石道：「別想離開去，五分鐘了。」

我不安地動了一動，不再説什麼，腦中卻在急促地轉着念頭，鄧石則每隔一分鐘，就提醒我一次，直到最後一分鐘了。

我聽到了頭上響起了「卡」的一聲，那是手槍的保險掣被打開的聲音。

我忙道：「好了，你贏了。」

鄧石立即道：「拿來。」

我道：「當然不在我的身邊，我要去拿。」

鄧石道：「可以的，我會跟你去。」

我是早知道鄧石會跟我去的，我之所以願意在最後一分鐘屈服，當然也不是真正的屈服，而是因為在如今這樣的情形下，我根本沒有反抗的餘地。

而如果情形改變了一下的話，譬如說，他和我一起走，那麼我便有機可趁了。

所以，我並不怕他要跟我一起去取那金屬片的。

我又抬頭向上看了看，他的手仍然在原來的位置，我立即聽到了鄧石的命令：「轉過身去，低下頭。」

我只能照做，就在我剛一轉過身去的時候，突然之間，像有什麼東西，鑽進了我的外套之中，我猛地一怔，道：「什麼玩意？」

鄧石「桀桀」地笑了起來：「這是我的手，我握住了槍的手。」

我驚怒道：「這算是什麼？」

鄧石道：「我説過了，我要跟你去，我的手握着槍，始終在你的背後，你是沒有法子摸到它的，一個人不能彎過手臂來摸到自己的背心部分，這是最普

通的常識，是不是？」

鄧石的話，使得我遍體生涼。

而鄧石繼續所講的話，更是令我垂頭喪氣！

他又道：「我給你一小時的時間，你拿了那金屬片，到我這裏來。一小時，我想足夠了，一小時之後，我就發射了。」

我忙道：「一小時是絕對不夠的，至少兩小時。」

由於鄧石的話，將我原來的計劃全打亂了，所以我顯得有些慌亂，竟只討了兩小時的時間！

因為我本來是想，在我答應了他之後，情形便會有一些好轉的，可是如今卻並沒有，我仍然處在毫無反抗餘地的情形之中！

鄧石道：「好，兩小時。」

我再想改口，鄧石已經道：「行了，兩小時，你還是快去吧，告訴你，如果有什麼東西碰到我的手，或是你除下了外套的話，我就開槍！」

那槍的槍口，正緊貼在我的臂上，我實在是不能想像，這槍若是發射了，我的身子會變成什麼樣子。在如今這樣的情形下，我當然只好聽憑他的吩咐。

我向外走去，到了馬路邊上，沿着路急急地走着，走出了相當遠，才有一輛街車經過，我連忙上了車子，向司機講出了酒店的名字。

那司機駛着車向前去，我無法將背部靠在椅背上，因為我背後有一隻手，機頻頻轉過頭來看我。我自然無法向他說明什麼。

有一支槍！

我只能以一種奇怪而不自然的姿勢坐着，再加上我的面色難看，這使得司到了酒店，踏進了房間，我看了看時間，花去了五十分鐘。我要用五十分鐘的時間趕回去，也就是說，我只有二十分鐘的空檔可以利用。

我怎樣利用這二十分鐘呢？

我在房間中團團亂轉。

要命的是時間在那時候，過得特別快，轉眼之間，便已過了十分鐘了。

我可以利用的寶貴的時間，去了一半！

我還是想不出辦法來，我的手彎過背後，碰不到鄧石的手，我努力地試着，背對着鏡子，我突然心中一動，我的手不錯是碰不到鄧石的手的，但是，如果我手中有槍的話，我卻是可以彎到背後去，射中鄧石的手的！

我立即取槍在手，以背部對着鏡子，慢慢地將手臂向後彎去，直到我手中的槍，離開背後的隆起部分，只有一吋許為止。

在那樣近距離射擊，是斷然沒有射不中的道理的。

問題就是在我射中了他之後，他的手，是不是還會有發槍的能力，我的心猛烈地跳動了起來，這是比俄羅斯輪盤更危險的賭博，但是我卻不得不從事這樣的賭博！

我下定了決心，已經要發射了。

但是，在那一刹間，我卻想起了胡明！

我這一槍若是射了出去，肯定會害了他。

但是，如果我能夠將那隻受傷的手捉住，不讓他回到鄧石的手腕之上，那麼，鄧石為了得回他的手，是不敢將胡明怎樣的。

我一想到這裏，連忙跳了開去，將所有的門窗，一齊關上，使得受傷的手沒有逃走的可能！

然後，我再度背對鏡子，我扳動了槍機。

我的槍是配有減音器的，是以我扳動槍機，只不過發出了極其輕微的

140

「拍」地一聲響。然後，我閉着眼睛，等着。

我是不必等太久的，只消十分之一秒就夠了，如果鄧石的手還有能力發射，我在十分之一秒之內，必死無疑，但如果他已無力發射的話，我也可以看到他的手「逃走」的情形。

這要命的十分之一秒，長得實在使人難以相信，我遍體生涼，頭皮發麻，然後，我才聽到了「拍」、「拍」兩聲響，有東西跌下來。

我連忙轉過頭去，眼前景象的駭人，實是使人難以逼視。

那支德國軍用手槍跌在地上，一隻鮮血淋漓的手，在地上亂爬。

我那一支槍，射中了他的三隻手指，卻沒有令他有一隻手指斷折，但是他的手指卻已沒有能力發槍了，我連忙一腳踏着了那柄槍。

就在那時，那隻手向上，跳了起來。

一隻鮮血淋漓的手，向上跳了起來，那種恐怖，實是難以形容！

我不由自主地向後退出了一步，那隻手滴着血，撞在門上，它立即沿門而下，去握住了門把，但是卻無力旋動。

我這時，仍是呆呆地站着，因為我實在是被眼前的情形，嚇得呆了。

那手又「拍」地一聲，跌到了地上，然後，迅速地移動着，到了窗口。在

那隻手到達窗口之前，我已經恢復了鎮定了。

我順手抓起了一隻沙發墊子，向前拋了出去，剛好擊中了那隻手，使那隻

手在未曾飛到玻璃窗之前，又落了下來，我立即又脫下了上衣，向那隻手罩了

上去，罩住了那隻手之後，我用力按着，而那隻手，則以一種可怕的大力在掙

扎着。

我竟可笑地叫道：「別掙扎，別掙扎，別動，你是逃不了的，如果你快些

停下來，我還可以快些為你裹傷！」

我不停地那樣說着，雖然我明知我的話，那隻手是絕聽不到的，由於那

隻手掙扎起來愈來愈大力，我逼得用膝蓋頂着它，約莫過了兩分鐘，自手上流

出來的血，已滲出了我的外衣。

這時，我已毫無疑問地知道，那隻手，雖然遠離了鄧石的身子，但是它的

一切動作，仍然是接受鄧石的神經系統的指揮。

但是，何以會有那麼多的血呢？要知道，指揮手的動作，是出自腦細胞的

活動，而放射出微弱的電波之故，腦電波是無形無質的，可以在遠離身子的地

142

方法去指揮一隻手的動作，似乎還有一些「道理」可講的，但是，血難道能夠超越空間？

我出死力按着那隻手，直到那隻手的掙扎，漸漸弱了下來，終於不動了為止。

我慢慢地提起膝蓋來，被我蓋在上衣下的那隻手，仍然不動。

我又慢慢地掀起了上衣。

我看到了那隻手！

那隻手是被按在一泓鮮血中的，但是它本身，卻是可怕的蒼白，傷口處已沒有鮮血流出，血已經流盡了，所以它不再動了。

我站了起來，心中感到難以形容的紊亂。我本來以為我是可以有機會捉住一隻活蹦活跳的手的，但如今，我卻得到了一隻死手。

不論是死手或是活手，這一切都令人迷亂，荒誕到了難以想像，根本上，在「手」這個字眼中，加上「死」或是「活」的形容詞，這件事的本身，就是一件十分滑稽的事。

然而，我卻確確實實遇到了這樣的事情，我本來有希望捉到一隻活手，而

如今卻得了一隻死手，在這樣的情形下，我有什麼法子不慌亂呢？

我呆立着，望着那隻蒼白的手，突然之間，一陣急驟的敲門聲傳了過來。

那陣敲門聲，是來得如此之急驟，以致令得我根本連是不是應該開門的考慮都沒有發生，便已一個轉身，打開了門。

門一打開，一個人像是發了瘋的公牛一樣，衝了進來，將我撞開了一步。

那人直向地上撲去，向那隻「死手」撲去，直到他撲倒在地上，我才看到他是鄧石，他左手抓住了那隻手，在地上滾着。

自他的喉中，發出了一種十分奇異的聲音來，那種聲音，就像是有利鋸在鋸着人的神經，任何神經堅強的人，聽了都免不了會毛髮直豎。

這一切，發生得實在太突然，令得人心驚肉跳，眼花繚亂，所以我竟完全未曾看清楚鄧石在抓住了那隻手之後的動作。

等到鄧石停止了打滾，停止了發出那種可怕的聲音，而站了起來之後，我才看到，他的左手，托着右手，但是那右手已不再是單獨的，已和他的右腕連接在一起。

而且，右手的顏色，也不再是那麼蒼白，已有了隱約的血色了。

我們兩個人都呆立着，漸漸地，我看到他右手的傷口處，又有鮮血滲了出來，我才道：「鄧先生，你手上的傷口，需要包紮。」

鄧石發出了一聲怒吼，衝向地上的那柄德國軍用手槍，但是我卻先他一步，一腳踏住了那柄手槍，並且兜下巴給了他一拳。

鄧石的身子一晃，那一拳，令得他仰天向後跌了出去，倒在地上。他竟立時向我破口大叫起來：「畜牲，你這個發瘋的畜牲……」

他面色鐵青，咬牙切齒，滔滔不絕地罵着。我冷笑道：「鄧石，你失敗了，你不向我低頭，卻還在這樣的罵我，那是不智的。」

鄧石跳了起來，嚎叫道：「你會後悔，我告訴你，你逼得我太絕，你會後悔，一定會後悔！」

當他講這幾句話的時候，自他眼中射出來的光芒，簡直便是毒蛇的蛇信。

這令得我相信，他這樣恐嚇我，不是沒有道理的。

第八部

可怕的意外

我心中也起了願意和他妥協的念頭，但是我當然不能在他那樣咄咄逼人，威嚇我的情形之下妥協的，我道：「你講錯了，自始至終，都是你有求於我，是不？」

如果這時，鄧石點頭說一聲「是」的話，那麼，以後一切事情的發展，都可能不同。可是鄧石是一個標準的倔強的蠢驢子！

他竟然聽不出我在話中，已表示讓了一步，他還在狠狠地叫道：「我不求你，再也不會求你，我寧願去求我最不願求的人，也不會求你。」

他倏地轉過身，向房門衝去。

可是我卻及時地將他攔住：「別走，胡明呢？」

鄧石喘着氣，望着我。

我冷笑着：「剛才我將你的手還了給你，我當然還可以將它從你的手腕上砍下來，快通知你的黨徒，放走胡明，要他快回到酒店中來，我給你兩分鐘的時間。」

這時候，和一小時多之前，截然不同，是我完全佔了上風了。

鄧石右手的傷口處，又有血滴了下來，他一聲不出，轉過身，去打電話，

148

他是用一種埃及土語在電話中交談的，他以為我聽不懂，但是我卻可以懂得七八成，我聽出他除了吩咐放開胡明之外，並沒有說什麼話，才算是放心下來。

他放下了電話，我們兩人，在極其敵對的氣氛下相對着，誰也不說話。

過了廿分鐘，房門推開，胡明回來了。

胡明推開房門，一見了鄧石，立時一呆，幾乎不敢走進來，我忙道：「別怕，我們的支離人，才受了一點小小的挫折。」

鄧石站了起來：「好，胡博士回來了！」

我再一次給這個蠢驢以機會：「你不想趁此機會，和我們談談麼？」

可是這傢伙真的不折不扣，是一頭蠢驢，他身子搖晃着，像是喝醉了酒一樣，向門口走去，來到了門口，他才站定了身子。

可是，他對我的話，顯然未作任何考慮，他冷笑了一聲：「你們會後悔的，一定會後悔！」

這頭蠢驢在講完了這兩句話之後，便拉開門，跟蹌向外走了出去。

胡明望了望我，又望着幾乎沒有一處不沾着血跡的房間：「怎麼一回事，我不明白，這是怎麼一回事？快說！」

胡明一迭聲地催着我，令我有點生氣，我特地道：「慢一慢可好？你是怎麼被鄧石逼出去的，可否先講給我聽聽麼？」

胡明搖頭道：「不行，你先說，那金屬片可還在麼？」

他一個問題未曾完，第二個問題接着又來了，我心知不講給他聽是不行的了，是以便將經過的情形，向他講了一遍。

胡明也說出了他的遭遇，那和我所料的差不多，他是在我淋浴的時候，被鄧石的手逼了出去的。逼出去之後，他被禁錮在一輛貨車的後面，那輛貨車中有一個大漢監視着他。

忽然，不知為什麼，另外有人來拍打貨車，講了幾句話，他就被放出來了。我們兩人都講述了自己的遭遇之後，胡明才道：「這傢伙真的是要那金屬片，那金屬片上，不知有着什麼他非要知道不可的秘密呢？」

我道：「胡明，我看我們要分工合作了。」

胡明瞪着眼，望着我：「什麼意思？我不明白。」

我來回踱了幾步：「很簡單，你盡一切可能，去研究金屬片上的那些古怪文字，我相信鄧石的秘密，就算不是全部在金屬片上，也是大部分在金屬片上。」

胡明點了點頭，同意我的說法。然後，他又問道：「那麼，你做什麼呢？」

「我負責來保護你，使你的研究工作不受干擾，鄧石吃了那麼大的虧離去，他當然不肯就此干休的，所以你才需要我的保護。」

胡明衝着我直瞪眼睛，好像還想不同意我的話，但是他還是點了點頭：

「好的，那金屬片呢？」

我向油畫指了指，道：「還在後面。」

胡明連忙掀起了油畫，將那金屬片取了出來，放在懷中：「走，我上大學的研究院去研究，你呢？」

我道：「你最好有獨立的研究室。」

他道：「有的，我可以有獨立的研究室，但是，在研究的過程之中，我或者要他人的幫助，我想你不會反對這一點吧。」

我猶豫了一下：「你在選擇助手的時候，可得小心一些」，當然，我會守在你研究室外面的。」

我和胡明一齊出了酒店，回到了大學。胡明的研究室在大學大廈的頂樓，那是一間十分大的大房間，我先檢查了一下四周圍的環境，除了近走廊的一個

門口之外，並沒有別的道路可以進入那房間。

我吩咐胡明將所有的窗子完全關好，而，則坐在門口，當然，我是坐在室內的。

胡明開始從許多典籍上去查那金屬片的文字，我根本無法幫他的忙，因為他的研究工作是一項極其專門的學問，我幫不了什麼。

在開始的幾小時內，胡明一個人獨自研究，但是不多久，他就找來了愈來愈多的學者，共同研究着，他們討論着、爭吵着，十幾個人，幾乎每一個人都有着自己不同的意見。

在這樣的情形下，在一旁插不進口去，是一件相當沒有味道的事情，是以我打開門，走了出來。

當然，我不會忘記我的任務，我出了研究室，但是我仍然站在門口。

令得我不高興的是，研究室的門口，聚集了很多人，他們大部分是學生，他們像是已知道許多權威的學者，都在研究室中從事一項神秘文字的研究，不住地向研究室指指點點。

但是人多，也有好處的，至少鄧石想要明目張膽地與我們為敵，也有所顧

忌了。

這時，雖然是在門外，但仍然可以聽到室內的爭論聲。

我在門外來回踱着步，不一會，只看到三個人，脅下各挾着厚厚的書，向研究室的門衝了過來，我連忙攔住了去路：「三位是——」

走在最前面的是一個瘦子，一副權威的神氣，向我一瞪眼，喝道：「讓開，我是貝克教授。」

我幾乎被他的神態嚇倒了，但是我還是道：「對不起，貝克教授，胡明教授正在研究，你可曾接到他的邀請麼？」

那貝克教授十分強硬，他竟不答我的話，伸手按住了我的肩頭，用力一推道：「走開！」

我當然不會給他一推推倒的，我立即伸手按住了他的手臂，如果在別的情形之下，我可能一用力，就將他的手指骨扭斷的。

但如今我是在大學研究室之外，當然不便傷人，我只是稍一用力，貝克教授便像是見到了木乃伊跳舞一樣地叫了起來。

這時候，胡明的聲音從室內傳了過來，他叫道：「貝克教授麼？快進來，

「我相信已經是最後一個關鍵了，等着你來來解釋。」

胡明這樣一叫，我自然也鬆開了手，貝克終於將我推開了一步。

他打開了門，匆匆地走了進去，跟在他後面的兩個人，也走了進去。

我本來還想阻止那兩個人的，但是剛才阻止貝克，幾乎出了笑話，所以我猶豫了一下，而就在我一個猶豫之間，貝克身後的那兩個人也走進去了。

我仍然無聊地站在門口，學生中有許多在對我指指點點，我的注意力也被他們吸引了去，等到我忽然覺出事情有點不對頭時，已經遲了。

我之所以會在突然之間覺出事情不對頭，是因為忽然間，房間內竟沒有一點聲音傳出來！

剛才，還是在熱烈地爭論着的，但如今，竟靜得一點聲音也沒有了。

莫非，他們的研究，已經有了成績？然而有了成績的話，他們一定會歡呼的，而且，胡明自然也會來叫我，何以這時，竟靜得一點聲音也沒有呢？

我連忙推門，門竟被在裏面鎖住了，我大聲地叫着，拍着門，竟沒有人回答。

事情實在十分嚴重了，我用力地撞門，圍在門外的學生，也向前逼來。

有幾個身形壯健的學生，和我一起，以肩頭撞門，我們終於將門撞開！

154

而當我看到研究室中情形的時候，我幾乎昏了過去！

我的身子搖晃了幾下，直到我伸手扶住了門框，我才算是勉強地站定。我千防範，萬防範，結果，還是出了大毛病。

研究室中的人仍然很多，但是，每一個人，都躺在椅上，或倒在地上，他們並不是死了，而是昏迷了過去。而空氣之中，還瀰漫着一種極其難聞的麻醉藥的氣味，所有的人，全是被那種強烈的麻醉藥迷倒的。

我勉力地定了定神，匆匆向研究室中看了一眼，我立即看出，少了兩個人，和那片金屬片。

那片金屬片，本來放在桌子上，胡明不斷地用放大鏡在查看，這時，胡明的手中，仍然握着放大鏡，但是那金屬片卻已不見了。

少了的兩個人，是和貝克教授一齊進來的那兩個，我真想打自己兩個耳光，因為我不但疏忽到未曾盤問這兩個人，而且，我連這兩個人是什麼模樣的，都一點也記不起來了！

我只記得他們的脅下挾着書，看來像是學者一樣，但是如今從所發生的事情來看，他們兩個人，當然不是什麼學者。

我站在門口,沒有勇氣踏出一步,只聽得我的身後,有好幾個人在叫:

「快報警,快!快!」

我長長地歎了一口氣,轉過身,仍然在門口,坐了下來,我的腦中,亂成了一片,因為鄧石終於勝利了,這實在是豈有此理的事情。

十五分鐘之後,所有昏迷的教授和學者,全都被送到醫院。

而我,則被帶到了警局,被安置在一間小小的辦公室中,警員對我的態度,十分客氣,我也樂得借這個機會使雜亂的腦子靜一靜。

那兩個客人行事,如此乾淨俐落,這顯示他們是這方面的高手。

那麼,他們是什麼人呢?

而且,那金屬片落到了他們的手中,或者說,落到了鄧石的手中之後又會發生一些什麼樣的事情呢?

我想了好久,可是一點結果也沒有,就在這時候,一個中年人推門走了進來。

那中年人看來身形臃腫,行動遲緩,他的頭髮,都已經花白了,但是,從他的雙眼看來,可以看得出他是一個十分聰慧的人。

他來到了我的面前，伸出手來，自我介紹道：「我叫拉達克，是全國總警署中的不管部長——一切疑難的事，都由我首先來接手辦理。」

我十分沒有勁地點了點頭：「我叫衛斯理。」

「我已經知道了，衛先生，當然我們不是向你問話，因為你持有國際警方的特殊證件，但是我們卻想知道這件事的始末。」

我泄氣地搖了搖頭：「沒有用的，我就算講了，你也不會相信的。」

「不，我相信，埃及是一個古國，在這個神秘古老的國度中，可能發生一切不可思議的事。」

我望了他半晌，他是不是我可以合作的人呢？看來他是。如果我認定他可以合作的話，那麼我當然要將一切向他講出來了。

我歎了一口氣：「這事說來話長了。」

他微笑道：「你不妨慢慢說。」

我想了一想，便開始講了起來。

拉達克是一個極好的聽眾，當我在講述着我、鄧石和胡明三個人的糾葛，述及鄧石的肢體分離活動之際，拉達克面上那種驚詫的神情，我從來也未曾在

任何一個人的臉看到過，但是拉達克卻始終不出聲，一直等我講完為止。

這證明他是一個理智得出奇的人，他竟能夠忍住心中極度的好奇而不發問！

等我講完了之後，他望了我一會，才道：「你確信你所說的一切，不是出於你的想像，或者……是幻覺？」

他有這樣的一問，原也是在我意料之中的事情，我並不怪他，而且，我也不必分辯，我只是道：「我想，胡明現在也應該醒來了，你可以去問他，就可以知道我所講的是什麼了。」

拉達克卻歎了一口氣，搖了搖頭。

他雖然沒有出聲，可是他那種神態，卻令得我全身感到了一股寒意！

我連忙站了起來，俯過身去：「怎麼樣了？」

拉達克的聲音，非常之沉重，他緩緩地道：「不但是胡明，研究室中所有的學者……唉，這是我們學術界無可估計的大損失。」

我大聲道：「他們怎樣了，你快說，他們被麻醉藥劑弄得昏了過去，難道就沒有醒來麼？」

「不，他們都醒來了，可是那種麻醉劑，卻含有強烈的毒性，將他們的腦

神經組織，全部破壞，他們已經變成了——」

拉達克講到這裏，停了一停，我倒抽了一口冷氣：「白癡？」

拉達克點了點頭，並沒有出聲。

我急急地道：「這怎麼可能，據我知道，能夠使人變為白癡的麻醉藥，只是一個大強國的特務機構的秘密武器之一，別的人怎麼會有？」

拉達克望着我，又歎了一聲：「所以，這問題實在是非常簡單的了。」

我猛地一怔，然後才道：「你的意思是：搶走那金屬片的人，就是某國的特務？」

拉達克道：「除了這一個可能之外，沒有第二個可能，因為只有他們有這個東西。」

我又道：「可能是鄧石——」

但是我只講了四個字，便沒有再講下去了。

那是因為我一提起鄧石的名字，我便立即想起，他在負了重創，吃了大虧之後離去之際，在房門口所表露的那種兇狠的神情，他並且還曾恐嚇過我們，說我們一定會後悔。

那麼，他橫了心之後，去找某國特務求助，這不是極可能的事麼？

當然，我如今雖受挫折，但如果鄧石真的找上了某國特務，那麼吃虧、後悔的一定是他自己，他若是以為自己能利用訓練嚴謹，兇險狠辣的某國特務，那他可是大錯特錯了！

我呆了半晌，拉達克才道：「衛先生，你可看出事情的嚴重性？」

我點頭道：「是的。」

拉達克伸手按住了我的肩頭：「所以，你絕沒有推辭的餘地，我們需要你幫助調查，你必須負起和他們爭鬥的責任來。」

拉達克的話，猶如刹那之間，向我身上疾壓下來的千萬重擔一樣，我想要閃避，但是擔子已給壓下來，我要閃避，也在所不能了，我只得無力地道：

「其實，這……不是我的責任。」

拉達克卻強調道：「是你的責任，衛先生，中國人是最重恩怨的，胡明教授是你的好朋友，你難道看着他變成白癡麼？」

我立即反問了一句：「他還有救麼？」

拉達克道：「不知道，或者有，或者沒有，這一切，要等我們搗破了對方

的巢穴，取得了徹底的勝利之後，才可以有答案。」

我的心中，不禁起了一陣抽搐。若是胡明就此變成了白癡的話，那真是太可怕了！

我背負着雙手，來回地走着，拉達克又道：「我們這裏的設備，是第二流的，但是我們的人願意聽從你指揮的決心，卻是第一流的！」

我實在沒有法子再推辭了，拉達克說得對，我是有責任的，我根本不能推辭。

我停止了踱步，我抬起頭來，道：「好，我應該從什麼地方開始？」

拉達克的回答更簡單，他伸出一隻手指，向我勾了一勾：「跟我來。」

我向外走了出去，我跟在他的後面，我們走過了一條走廊，便來到了一間會議室中。

會議室中已有七八個人坐着，氣氛十分嚴肅，我和拉達克一進去，所有的人都站了起來，拉達克在我的肩上拍了一拍：「諸位，這位就是我們早已聞名的傳奇人物，衛斯理先生，他將要領導我們進行這項工作，這是我們的榮幸。」

拉達克居然向眾人這樣地介紹我，這實在使我感到極度的受寵若驚，我連

忙客氣了好幾句，才坐了下來。一坐下來之後，拉達克便道：「敵人的這次行動，使我們的國家，蒙受了巨大的損失，但我們知道這是什麼人幹的，這就是這個國家的大使館。」

拉達克講到這裏，會議室中的燈光黑了下來，一幅牆上，映出了一座相當宏偉的建築物，那是某國的大使館。拉達克道：「所有某國的特務，都是藏匿在大使館中的，這樣，可以使得他們免被捕捉，所以，我們要事情進行得有結果，必須潛進大使館去！」

他講到這裏，幻燈片又換了一張。那是大使館旁的一幅牆，接近地面，地面上有一個下水道的鐵蓋子，拉達克道：「由下水道經過了一段迂迴曲折，絕談不上舒服的路程之後，可以通到大使館的地窖中去。據我們情報人員最近的報告，對方並未曾覺察這項秘密。」

幻燈片又換了一張，那是一個地窖。

拉達克用指示捧指着一塊大石：「推開這塊大石，人便可以出來，然後，沿着這條鐵梯，上去就是大使館的廚房。」

幻燈片又換了一張，那是大使館底層的平面圖。另一張，是二樓，再一

162

張，是三樓。

拉達克道：「這平面圖是我們很早獲得的資料，已經有七年歷史，在這七年之中，內部的情形是不是曾變動過，我們就不知道了。」

我點了點頭：「我明白了，這三個平面圖，可有縮小的圖樣，可供我帶在身邊？」

「有，我們立即準備。」

我又道：「我的任務主要目的是什麼？」

「是救那些學者，據我們知道，那種麻醉劑可能有解藥。」

我問道：「那麼，關於鄧石——」

拉達克立刻打斷了我的話頭：「這不在我們的工作範圍之內，你應該明白。」

我呆了一呆，在我剛一聽到拉達克這樣講的時候，老實說，我不明白。但是拉達克在講了之後，卻立即以一種十分怪異的眼光，直視着我，於是，我明白了！

不論他是不是相信我所講的有關鄧石的事，他都不想這件怪誕的事再給人

知道！

同時，我也明白，要去尋找解藥，這件事是很渺茫的，因為「尋找解藥」，這只不過是一個幌子，這個幌子是用來掩飾事情的真相：鄧石的秘密，金屬片的秘密！

我於是點了點頭：「是，我明白了。」

拉達克又在莊嚴地宣布：「今天晚上，我們開始行動，衛先生潛進某國大使館中去，他將要在某國大使館中冒生命之險去調查一切——」

他講到這裏的時候，轉過頭來，向我望了一眼。

然後，他又道：「衛斯理可能根本沒有機會，將他調查所得的東西帶出某國大使館來！」

他講到這裏，又頓了一頓。

會議室中的氣氛，聚張到了極點。儘管什麼人都可以知道，潛進一國的大使館中去做工作，那是極危險的事，一被發現，絕無倖理。

所以，那時每一個人的眼光，都集中在我的身上，不論那些人的眼光是欽佩還是同情，但是有一點卻是相同的，那就是，在他們的眼睛中，我彷彿已經

是一個死去了很久的人。

拉達克在十分寂靜的情形下「嘘」地吸了一口氣，然後道：「所以，我們準備了特殊的通訊儀器給衛先生使用——」

他講到這裏，一個人站了起來，會議室的燈光亮起，那人的手中，托着一隻絨盒，到了我的面前，打開了那絨盒來，我看到那盒中所放的，是一隻牙齒。

我有點莫名其妙，望向拉達克。

拉達克拿起了那枚牙齒來：「這是一具超短波的無線電通訊儀，超短波的兆頻十分異特，不易被人中途截收。」

我連忙道：「那不行，我一口牙齒，都是好的，沒有地方容下那東西。」

拉達克笑了一下，道：「我們的國家，雖然絕稱不上先進，但是第一流的牙醫還是有的，這一點，你大可以放心。」

我還想再抗議，但是一轉念間，我卻不再出聲了，因為剛才，拉達克已講得十分明白，我一潛進了別國的大使館，可以生還的機會不大，在生死尚且未卜的情形下，若是為了一顆牙齒而斤斤較量，那豈不是太可笑了麼？

我道：「好的，但這東西如何使用？」

拉達克道：「十分簡單，等到它裝在你的口中之後，是在你的上顎，你只消上下顎相叩，我們就可以得到信號，你可以用密碼，或是最普通的摩斯電碼來拍發消息，隨時可以拍發。」

我強笑了一下：「那麼我在吃東西的時候，要特別小心了。」

拉達克和其他幾個警官，似乎並不欣賞我這句話的幽默，連笑的表示也沒有，我也不再笑下去了。

拉達克又道：「牙醫方面，我們已約好了，會議之後你就可以去。還有幾件防身的武器，供你選擇，請你先過一過目。」

又是一個警官，提着一隻箱子，來到了我的面前，那警官將箱子打開，我不禁歎為觀止。人類的心理真是極其奇怪的，對於殘殺同類的工具之研究，一直走在時代的最前面。

直到如今，人還不能徹底醫治最流行的傷風病，但是在殺人的武器上，卻已進步到了一下子可以殺死幾億人的氫彈了。

（一九八六年按：傷風，到現在還在折磨人！）

在那隻箱子當中，當然不會有一枚氫彈在的，但是，箱中卻有着數十樣各

種小巧的殺人工具，我靜靜地聽完了那警官的解釋之後，才取了三樣。

我取的三樣東西，其一是一個假指頭，那其實只是手指頂端的一節，約有半吋長，套在右手的中指之上，若是細心看去，中指長了半吋，不容易發現的。

但是，在那半吋長的指甲中，卻裝有七枚毒針，可以在一剎那間射出，在五步之內，立取人命。

第九部

大使館中亡命

第一件，那是一個皮帶的扣子，如果加以壓力的話，是會發出一種極其可怖、刺耳的怪叫聲來，任何人，不管他神經多麼堅強，只要聽到了這種怪叫聲，都會錯愕幾秒鐘。

在緊急關頭中，那是足可以反敗為勝的了。

我所取的第三件武器，是一柄手槍，那是一柄小手槍，看來用普通的子彈，但卻是威力十分強大的小型炸彈，據那警官解釋說，若是七粒「子彈」，一齊射出的話，是足以使整幢大使館夷為平地。

我選好了武器，便被送到了牙醫處，這的確是一個十分高明的牙醫，他在我幾乎不感到什麼痛楚的情形下，拔去了我的一顆大牙，而將那通訊儀裝到了原來生長大牙的地方。

等到麻醉藥的力道過去之際，我才感到有一些疼痛，然後，我好好地休息了幾小時，等到我醒過來時，天色已經黑了。

我振作精神，和拉達克會面，到達了大使館對面的一幢屋子。

那屋子可以看到我將要進去的暗道入口處——下水道的蓋子。

那大使館建築的每一個窗子幾乎都有燈光射出，但是每一個窗子，也都被

厚厚的窗簾所掩遮着。

拉達克用無線電對講機下了一個命令，我立時看到一個大漢轉過街角，向前走來。

那大漢當然是官方人員，他來到了下水道蓋旁，幾乎沒有停留，但是我看到，他已用頂端有鈎的手杖，鈎住了那蓋子，將之提了起來，推開了半呎許，然後，他又若無其事地走開了。

他的工作，可以使我在一衝出屋子之後，立時從下水道蓋處鑽下去，而不必再花費時間去將鐵蓋提起來，這樣，我被發現的可能便減少了。

而且，如果大使館方面已經對那個下水道口表示懷疑的話，那人的行動，也會引起他們的注意，我也得另打主意了。

那人走開了之後，等了半小時之久，街上一點動靜也沒有。

我出了屋子，這時，我已將所有應用的東西全帶在身上了。

由於我必須在下水道中行進相當長的一段距離，所以我衣服外面，套着一層橡皮的防水衣袴，我甚至還有氧氣面罩，以準備我在污水中潛行。

我閃出了門，以最快的速度奔到了下水道口子上，然後一俯身，身子縮了

進去，同時，我雙手托住了鐵蓋，使之不發出聲響來，放回了原位。

這一切，絕不會超過半分鐘。

第一步的經過情形十分好，下水道口子下面是有着鐵梯的，我亮着了電筒，向下走去。

走到了七八呎之下，電筒照在緩緩流動的污水上，反射出難看之極的灰黑色的光芒來，而那種令人欲嘔的臭味，更是使人難忍！

可是，那還僅僅是開始，因為我若不是淌着污水向前走去，沒有可能到達目的地。

當我的下半身，浸到了污水之中，在污水的下面，冒起了嘟嘟嘟的沼氣泡之際，儘管我知道，污水實際上碰不到我的身子，可是我卻仍然禁不住渾身都起了肉疹子！

我小心翼翼地向前走着，因為若一不小心，跌進了污水中，那就太不堪設想了。

走出了十來步，轉了一個彎，前面的一段路，污水比較淺一些，走起來也方便得多。

172

等到我又轉了兩個彎的時候，我已看到那個標誌了！

那個標誌是一個紅漆畫成的大交叉。拉達克曾告訴我，這塊大石是可以移動的，向前用力推，推開了大石，便到達大使館的地窖了。

我到了那塊大石之前，為了小心起見，我先將一具小型的微音擴大儀貼在石上，仔細地傾聽着裏面有什麼聲音發出來。

因為若是我推開了大石走進去的時候，發現有人在地窖中，就大為不妙了。

我聽了好一會，地窖之中沒有什麼聲音發出來，我才用力去推那塊大石。

推動那塊大石所需要的力道，遠在我的預期之上，我好幾次幾乎滑跌，才算推得那塊大石動起來，而當大石動了起來之後，推起來就容易得多了。

我終於在大石被推開的空隙之中，閃身進了地窖。

地窖中是漆黑的，我一亮電筒，便發現許多發光的小點，在迅速地移動。

那是老鼠的眼睛！

老鼠固然是極其令人討厭的東西，但是如今，在這樣的情形下，看到那麼多的老鼠，這卻反而使我感到十分高興。

因為老鼠多，這表示這裏是許久未有人到了，我可以從容準備一切。

我先將污穢的橡皮衣除下來，再將大石推好，然後，我打量着那地窖。地窖相當大，我第一件事，便是將一枝特種槍的「子彈」取下來，配上一個小型的無線電感應裝置，貼在地窖的牆上。

這樣一來，只要我按動我的戒指，無線電波就會控制一枚針彈出，使那威力極大的炸彈爆炸。

然後，我才來到了那鐵梯之旁。

照拉達克的說法，從這道鐵梯通上去，就是大使館的廚房了。

可是這時，我看來卻情形不像，因為鐵梯的上端，雖然是一道門，但那道門卻很明顯地不知有多久未被人開過了。

如果地窖和廚房是直接相連的，那不應該有這樣的情形。

從地窖久無人蹤的情形看來，門外的地方，多半也是久無人到的了。

我走上了鐵梯，到了那扇門旁，向外仔細地傾聽着。

外面並沒有什麼聲響，為了小心起見，我還是先不作向外去的打算，我退後了幾步，從門下的縫中向外張望，外面的光線十分黑暗，根本看不到什麼，

但那不是廚房，卻可以肯定。

我肯定了外面沒有人之後，才取出了一柄鋒銳的小刀，在門上挖着，門上不多久，就被我挖出了一個洞，鎖也跌了下來。

我拉開了門，向外面望去，外面是一間很大的房間，卻堆滿了雜物。

那是一間儲藏室，這太合我的理想了，因為外面若是廚房的話，我由地窖中進來，雖然秘密，總還容易被人家發現。

要是外面是一間儲藏室的話，那麼，我等於多了一種保障了。

我又到了門旁，向外傾聽着。

這一次，我聽到了聲響，那是十分輕微的腳步聲——實際上，那並不是腳步聲，我相信地上一定是鋪着厚厚的地氈的，所以我聽到的並不是腳步聲，而只是皮鞋在走動之際所發出的「吱吱」聲。

我聽得那「吱吱」聲漸漸遠去，才將一根小小的圓管，自鎖匙孔中伸了出去，那圓管子，實際上是一具小型的潛望鏡，當圓管的一端伸出了鎖匙孔之後，我用眼湊在另一端上，就可以看到外面的情形了。當然，角度不十分廣闊。

我看到外面是一條走廊，走廊的一端，通向一扇十分大的橡木門，另一

端，則是一道樓梯。

我連忙對照我在拉達克處所獲得的圖樣，假定我所在的房間是廚房，根據圖樣，外面應該是一間工作間，工作間之外，才是一條小小的走廊。

那也就是說，大使館內部的建築，完全更改過了，它已和我所獲得的圖樣，沒有一點相同的地方！

我收回了小型潛望鏡，我已找到了一個出了儲藏室之後的避身之所。

我所選擇的地方，是那道樓梯之下的一間小房間，那小房間的門鎖，我可以用百合匙在二十秒之內將之打開。

那也就是說，只要有半分鐘的時間，我就可以正式地進入大使館了。

我用百合匙打開了儲藏室的門，然後，以最快的身法，向前奔出了兩三步，到了樓梯之下那小房間的門前，我立即用百合匙去開那扇門。

樓梯下的小房間，一般來說，用來放置一些常用的雜物，這樣的地方，我估計二十秒鐘可以將門弄開，已然是十分充裕的了。

可是，事實卻是大大地出乎我的意料之外，以我的開鎖技術而論，忙了足足一分鐘，仍然一點頭緒也沒有！

這實在使我狼狽到了極點，而在橡木門的那面，卻有人聲傳了過來。我無法可施，只得又迅速地退了回來，退到了儲藏室的門後。

我將門關好，又利用潛望鏡通過鎖匙孔向外看去，我看到了兩個人，推開了橡木門，並肩向外走了出來，我立即認出，那兩個人中的一個，就是那天跟在教授後面，混進了研究室的兩個人中的一人。

他們向前走來，一直上了樓梯。

等他們的腳步聲完全消失了之後，我又出去開啟那扇小門。

這一次，我花了足三分鐘。

我仍然未能將那扇小門打開，但是奇怪的事情卻來了，我聽得小門內，忽然發出了「格格格」三下響。那三下響，我聽得十分清楚，而且，我還立即可以斷定，那是一種機器齒輪轉動的聲音。

這種聲音，發自一間應該只是放置雜物的樓梯底下的小房間中，實在太奇特了，我連忙閃身後退了兩步。

我只退出了兩步，便看到那小門的門把轉動了起來！

事情再明顯也沒有了，有人要在裏面，打開小門，走到外面來！

這實在是不可思議!

而且這時候,我想退回那間儲藏室去,也來不及了,因為就在那一個錯愕

間,我看到那門已被推開,一個人彎着腰,走了出來。

當那人挺直了身子之際,我們正好是面對面地站着。

我相信在那一剎間,那個自小房間中走出來的人,和我同樣的驚愕,因為

我是突然出現在他面前的一個陌生人!

但是我卻要比他佔些便宜,我的驚愕,是在看到門把轉動之際到達最高峰

的,等到看到他站在我面前時,已經緩過氣來了!

而他的驚愕最高峰,卻是在看到我的時候!

所以儘管一開始,我們兩人都是呆立着,但是最先恢復動作能力的卻是

我,這其間相差的或是只不過是半秒鐘之微!但是半秒鐘也已經夠了,我的手

肘突然一橫,肘尖重重地撞在那人的胸口。這一擊,是可以致人死命的,但是

在那樣的情形下,我不得不如此。

除了我的肘尖和那人的胸口接觸時所發出的那一下可怕的聲音之外,那人

沒有發出任何別的聲音來,他的身子立時倒在我的身上。

我連忙頂着他的身子，向前走出了兩步，和他一起進了那小房間，將門拉上，那樣，使我暫時可以不致被人發現。

但是，我自然知道，既然會有人從小房間中出來，我躲在小房間中，也是不安全的，我着亮了小電筒，我所看到的一切，更令我愕然！

那小房間中，乾淨得一塵不染，而在應該是牆壁的地方，有着一扇鐵門！毫無疑問，那是通向密室的第一道門戶！難怪我費了那麼多的時間，也打不開它的門了。而如果不是我選定了它作為藏身之所的話，只怕是再也發現不了這一點的！

我將那人拖到小房間的角落處放下，那人顯然已經氣絕了，我將偷聽器放在鐵門上，仔細地傾聽着。

我聽不到有什麼聲音，想打開那扇門，然而那扇門卻是平滑之極，在我電筒的照耀下，找不到任何開門的地方，我立即省悟到，那門是無線電控制的，我連忙去搜那人的衣袋，我找到了一隻扁盒子，打開了盒子，看到了幾個顏色不同的按鈕。

這隻扁平的盒子，當然是無線電控制儀了，我雖然找到了控制儀，但是我

的心中，卻仍然十分躊躇。

因為控制儀上，一共有七個按鈕之多，那當然是控制七樣東西的，其中一樣，便是眼前這扇鐵門，可是，這扇鐵門是歸哪一個按鈕控制的呢？

如果我按錯了按鈕，會有什麼結果呢？我若是亂按的話，我只有七分之一的機會，那太冒險了，可是我卻又不知道那一個按鈕是我需要按的。

我心中不禁有些後悔：不應該將那人打死。

如今，我既不能冒險，自然只好等着，反正我本來就是準備在這裏藏身的，這個目的，總算已經達到了。

我縮在角落中，我知道那鐵門中一定會有人走出來。

我屈着身子等着，姿勢就像是一頭在黑暗中伏着，等候撲擊獵物的黑豹一樣。

我等了約莫半小時，我又聽到了那種「格格格」的聲響。

接着，鐵門向上，升了起來。

那扇鐵門是向上升了起來的，這一點十分出乎我意料之外，本來，我是準備在門一打開之際，便立即閃身到門後的。但如今門既然是向上升起來的，這個辦法自然也行不通了。

我看到門向上升起之後，一個人向外跨了出來，他一跨出來之後，門又降了下來。

那人絕未曾注意到有什麼不對頭，他直向前走去，手已握住了小門的門把。

也就在那時候，我突然向前跳了出去。

我已經盡量不使我的行動發出聲音來了，但那人還是立即覺察，他呆了一呆。在他呆了一呆之後，必然的動作，當然是轉過身來。

我不等他轉過身來，已經到了他的身後，我一彎手臂，已經將他的頭頸，緊緊地箍住，同時，我的槍已抵住了他的額角。

我以十分低的聲音在他的耳際道：「別動，別出聲。」

那人只掙扎了一下，便不再動了，我慢慢地放鬆了手臂，讓他喘一口氣，才又低聲道：「你聽着，我要你完全聽從我。」

那人點了點頭。

我又低聲道：「那很好，首先，你要帶我進這道鐵門去，我相信你們真正的活動的中心，就是在這道門之內，是不是？」

那人咕嚕着：「沒有用的，你進去是沒有用的。」

我道：「那不用你操心，你們這裏的總負責人，我相信不是大使，是不是？」

那人不出聲。我又問了一遍，那人仍然不出聲。

這使我的心中，陡地疑惑起來，可是我仍然不敢相信自己有這樣的好運氣，我試探着道：「這裏的總負責人是你，對麼？」

我最後「對麼」兩個字，聲音說得比較大些，而且是直對住他的耳朵講出來的。

那人的身子突然又震動了一下，他雖然未曾承認，但是我也已經知道，我真是有着極好的運氣！

我笑了笑：「那樣，事情就好辦了，你先將我帶到你的辦公室中去，我們要詳談。」

那人伸手在衣袋中，摸出了一隻無線電控制儀來，按下了其中一個鈕掣，那扇鐵門又向上升起，可是，鐵門升起了之後的情形，卻是我做夢也想不到的！

那真正是我做夢也想不到的，因為我這時，正在高興頭上，以為制住了這裏的頭子，事情便可以一直順利下去的了。可是這時，我卻幾乎昏了過去！

門一升起，首先，強烈的光線，向內射來。

向內射來的光線，令得我在刹那間看不到任何東西，但那只不過半秒鐘左右。

接着，我看清了眼前的情形，約莫有七八名大漢，各自手中執着手提機槍，對準着我！

我在制服了那人之後，一直未曾轉身，而那時，我看到了鐵門被打開之後的情形，也是轉過頭去看的，我見機極快，一看到了那樣的情形，我身子立時一轉，將那人擋在我的前面。

這時，我唯一的希望，便是被我制服的那人，真是這裏的特務頭子，只有這樣，眼前這一批殺人不眨眼的兇漢，才會不敢胡亂開槍！

當我疾轉過身來之際，我果然看到他們幾個人的臉上，都現出了一絲驚惶的神色來，手中所握的槍，槍口也不由自主地垂了下來。

我正在暗慶得計，可是也就在此際，「砰」地一聲，我身後的小門也被打開了。

我的背後立時響起了呼喝聲，而且，幾乎是在同時，我的後腦、背心、腰

際，都已被三枝硬管頂住，不消說，那是槍口了。

而在我背後的呼喝聲則是：「放開人，將手舉起來，拋下手槍！」

在聽到呼喝聲的那一瞬間，我幾乎要照做了！

因為我前後受夾攻的那一瞬間，是絕沒有反抗的餘地的，但是就在那一瞬間，我腦中卻迅速地閃過了一個念頭：我不能放開那人！

只要那人真是這裏的頭子，那麼只要我仍然制住了他，其餘的人，便都投鼠忌器，不敢對我有不利行動。

而且，頂在我的身後的槍口，顯然不是普通的槍械，而是威力強大的手提機槍，若是一發射，子彈毫無疑問地穿過我們兩個人的身體，使我們兩人一齊死亡！

在短短的時間內，我已定下神來，我轉過頭去，看到我後面有五個人，三個人的槍口抵着我的身子，其中原來對準了我後腦的槍口，這時離我的眼睛，只不過半吋！

我吸了一口氣，冷冷地道：「我看你們還是將槍取開一些的好，如果不小心，一粒子彈，是可以殺死兩個人的，你們看不出來麼？」

我身後的五個人，神色相當尷尬，我以手中的手槍，在被我制住的那人的額上，輕輕敲了一下，道：「你認為是不是？」

那時，我的手臂箍住了他的頸，我的膝蓋頂住了他的腰後，他絕沒有反抗餘地，而且，我的大拇指也開始壓入他的頸中，使他感到相當的痛苦，而發出十分難聽的呻吟聲來。

他叫得聲音最大的時候，我放鬆了大拇指：「這些人一定全是你叫來的，你該知道怎樣處理。」

那人低吼道：「你再不放開我，他們會射死你！」

我甚至大聲笑了起來——其實在那情形之下，是一點也不好笑的，我硬裝出來的笑聲，聽來也不怎麼自然：「是的，我會被亂槍射死，但是，你也該知道自己的結果！」

那人猛地掙扎起來，可是我將他箍得更緊，他約莫掙扎了一分鐘，便停了下來：「好，你們退開去。」在我身前後的大漢，都陸續向外，退了開去。

我當然不會樂觀到以為他們真的是遠遠避了開去的，我知道這些人只不過是退到了我看不到的地方而已，事實上仍然有無數的槍口對準我的。

那人道：「好了，夠了麼？」

我立即道：「當然不夠！」

而直到這時，我才有機會來打量眼前的情形。

鐵門裏面，是一間相當大的房間，正中放着一張長桌，看來是一間會議室。

這時候，會議室中空無一人。那人道：「你還要怎樣？」

我想了一想：「到你的辦公室去！」

我必須和這傢伙好好地談判，而且，是要在沒有人監視的情形下進行談判，那麼，最好的地方，當然是那傢伙的辦公室了。

因為那傢伙既然是這裏的頭子，他的辦公室自然是防守得最嚴密的地方，不會有什麼人監視，而且也不會有偷聽設備之類對我不利的東西。

那傢伙顯然也想到這一點，他道：「太過分了，那未免太過分了。」

我冷笑道：「一點也不，你帶不帶我去？」

那人的身子挺了一挺，終於不再出聲，向前走了出去，穿過了會議室，走過了一條通道，從一道迴旋型的樓梯走上去，又經過了一個穿堂，才到了一間房間的門口，他一腳踢開了門，憤然道：「這就是了！」

186

我向內看去，裏面是一間十分大的辦公室，也十分華麗。

我滿意地點了點頭：「很好，現在，我們開始談判了，第一，你命令你的手下，將你的手下在大學研究室搶到的那金屬片交到這裏來。」

那人的頸仍然被我箍着，所以他開口講話，聲音始終含糊不清，他竟想完全不認賬：「什麼金屬片，我不知道。」

我冷笑了一聲：「如果你要做起戲來，我可以先射一槍，射去你的耳朵，那麼，或者可以使你做起戲來，更逼真一些。」

那傢伙尖叫道：「那你先得放開我。」

我考慮了一下，我手中有槍，就算放開了他，他也不會有什麼反抗的機會。

而且，我始終箍住了他的頸，對我來說，也有不便之處，是以我冷笑了一聲：「好，可是你如果想出花樣，那是自討苦吃！」

我手一鬆，但是隨即一抬腿，膝蓋重重地頂在那人的尾尻部分，令得他的身子猛地向前跌了出去，伏在地上，但是他立即一個翻身，跳了起來。

他面上的肌肉扭曲着，狠狠地望着我。

我則擺了擺手中的槍：「現在，你可以叫你的部下送那金屬片來了。」

他向辦公室走出了一步，我立時射出了一槍，那一槍的子彈，恰好在他的面頰之旁，掠了過去，嵌入了後面的牆壁。

子彈的掠過，使他的臉上，多了一道血痕，他的面色劇變，人也呆立在當地不動，怒問道：「這，這算是什麼？」

我拋了拋手中的槍：「這是一個警告，告訴你我會突然發槍，而且我的射擊技術十分高妙，你沒有機會躲得過去。」

他面上的肉抖動了幾下，滴下了一串鮮血，他也不去拭抹，又望了我片刻，才走到辦公桌之前，按下了對講機的一個掣：「七號，將『飛鷹行動』的勝利品帶到我的辦公室來。」

我聽不懂他的話是什麼意思，他已退了開來。我忙道：「什麼叫『飛鷹行動』的勝利品？」

他冷冷地道：「那就是你所要的東西。」

我冷笑道：「如果你玩什麼花樣的話──」

想不到我還未曾講完，他已雙手一攤：「我有什麼花樣好玩？你不是槍法又好，發槍又快麼，我有什麼反抗的餘地？」

我冷笑着，身子突然向前躍去。在他還未曾明白那是怎麼一回事之際，我已經抓住了他的手，將他的手臂，猛地一扭，扭了過來。

同時，我身子一轉，已轉到了他的背後，而我手中的槍，也抵住了他的背心。

我如今雖然佔盡了上風，但是我卻是身在虎穴之中，那傢伙既然講了一句我聽不懂的話，而又不肯好好地解釋，我就不得不小心一些了。

我重又制住了他之後不到半分鐘，便聽得門外，傳來了叩門聲。

那人道：「進來。」

門被推了開來，一個人連頭也不抬，低着頭走了進來，他的手中，提着一隻扁平的公事包，道：「飛鷹行動的勝利品。」

那人道：「放在桌上。」

進來的人將公事包放在桌上，立時又退了出去，在退出的時候，帶上了門。

那傢伙道：「好了，你要的東西在這裏了。」

我向那公事包看了一眼，它的大小，倒剛好可以放得下那金屬片。但是，他們自始至終，都是稱那為「飛鷹行動的勝利品」，這一點，卻令得我的心

中，十分起疑，我一鬆手：「好，那就麻煩你打開來讓我瞧瞧。」

我在鬆開他手的時候，是又用力將他推了出去的，他站定身子的時候，

恰巧是在桌旁。而他卻突然像是桌上有着成打的響尾蛇一樣，立時向後跳了

開來！

他跳開了幾步，兀自在喘着氣。他雖然沒有講什麼話，可是他的神態，卻

是再明白也沒有了，那公事包是碰不得的。

我冷笑了一聲：「看來，你若不損失一隻耳朵，是不肯和我合作的了。」

那傢伙雙手連搖：「不，不，你要的東西，的確在這公事包之內！」

我道：「那麼，你替我去取它出來。」

那傢伙歎了一口氣：「我不能，你不知道，我不能夠。」

我道：「我當然知道，我一打開公事包，就會喪生，是不是？」

那人忙道：「不是，真的不是。」

我冷笑道：「你以為你裝出一副可憐巴巴的情形來，我就會信你了麼？」

那傢伙道：「你可以不信我，我……是說，那金屬片，屬於一個有着神奇

力量的人所有，他曾警告我不可去碰它，而只是命令手下奪得它，等他來取。」

「那麼，你得到什麼好處？」

「一筆大酬金。」

「哼，這筆酬金是你私人得的，是不是？你利用你們國家的特務，來為你自己找外快，哼，這件事，若是被你們的組織知道了，會有什麼結果？」

「這⋯⋯」

那傢伙更是面無人色了。

我手中的槍向上揚了一揚：「你放心，那金屬片並沒有什麼神秘力量，為了證明你並沒有搗鬼，你要去打開公事包。」

那傢伙又遲疑着，向前走去，他終於走到了那公事包之前，可是，就在他伸手想打開公事包之際，變故突然發生了！

兩隻手，不知它原來是藏在什麼地方的，突然出現！其中的一隻，抓住了公事包，迅速地向門口移動，另一隻手則拉開了門！

我大叫一聲，身子陡地向前撲了出去，那是鄧石的雙手，毫無疑問，因為其中的一隻手，還滿是傷痕，我必須將那公事包追回來。

可是，也就在我向前撲去之際，那特務頭子也突然向我展開攻擊！

他側身向我撞了過來，我不得不身子一縮，避開了他的這一撞，同時，對準了他的小腹，狠狠地一腳踢了出去。他怪叫一聲，向後跌出。

我估計這一腳至少要使他在醫院中躺上七八天。

但就算我這一腳，可以使他終生躺在醫院之中，又有什麼用呢？鄧石的兩隻手，已經提着那隻公事包走了，我連忙趕到了門口，已什麼也看不見了。

第十部

支離人之死

我將門關上，轉過身，將那傢伙從地上拉了起來，那傢伙痛得面色都變了，他口中發出難聽之極的呻吟聲，我搖着他，喝道：「別裝死，還有事情！」

那傢伙好不容易才迸出一句話來：「什麼……什麼事！」

我冷笑了一聲：「你這時所受的痛苦，是你自討苦吃，如果你不答應我下一個要求，我一定使你吃更大的苦頭。」

那傢伙不出聲。

我又道：「別以為我會打你，我只不過準備將你所作的勾當告訴你的上級！」

這一句話一講出口，那傢伙比再挨了三腳還要受不住，他的身子抖了起來：「你說，你只管說好了，什麼事。」

我點頭道：「那很好，你為了要奪取那金屬片，曾指使你的手下，用麻醉藥迷倒了六名學者，那麻醉藥的作用十分強烈，足以使人的腦神經停止活動，你可知道這可以造成什麼樣的結果？」

「知道，我知道的。」

我道：「那麼，你便給我足夠的解藥！」

那傢伙哭喪着臉：「沒有解藥，我不是不給你，實在沒有解藥！」

我的心中，感到了一股莫名的憤怒。我一字一頓地道：「那是無藥可治的，你竟然使用那麼歹毒的東西來對付無辜的人？」

那傢伙顯然是被我的神態嚇倒了，他急急忙忙地道：「我……我沒有別的辦法，我必須得到那金屬片，它可以使我得到許多財富，我就可以不必再做特務了！」

我覺得那傢伙講的是真話。可憐的胡明，他竟要成為白癡了！

這實在是難以想像，也是令我傷心之極的事情，我抓住那人胸口的手，不由自主地發起抖來。過了好一會，我才勉力鎮定下來，拯救胡明的事已沒有可能，金屬片也落到了鄧石的手中，那也就是說，我雖然潛進了大使館，而且，幸運地制住了特務頭子，但是我還是失敗了，徹頭徹尾地失敗了！

我手一鬆，將那傢伙放開，他跌在地上，身子縮成一團。

我望了他好一會，才道：「如果你得了金屬片，如何交給鄧石？」

那傢伙道：「我將之帶到吉隆坡，在那裏，他會簽署一份文件，將許多產業轉交給我，而我就將這金屬片交給他，公平交易。」

我明白了，鄧石開給這特務頭子的條件，和開給我的條件一樣。

他在東南亞的巨額財富，並未能打動我的心，卻打動了這特務頭子的心。

而如今，那特務頭子也什麼都未曾得到。我當然也失敗了，真正的勝利者還是鄧石，鄧石終於得到了他所要得的東西。

而我，對於鄧石的秘密，對於那金屬片的秘密，卻一無所知！我實在感到我無法離開這裏，回去見拉達克，但是我勢不能永遠在大使館中耽下去。

我心中歎了一口氣：「如今，你當然不會再到吉隆坡去的了。」

那特務頭子的語聲之中，有着真正的哭音：「你這不是廢話麼，事情已到了這一地步，我還去什麼？」

我已經要命令他送我出去，可是在那一瞬間，我突然又想起了一件事來，我問道：「你的身分是極其秘密的，鄧石是如何和你接頭的？」

他呆了一呆，才道：「我……已幹了很多次……類似的事，有一個人來替我接頭，這件事是半公開的，很多人知道。」

我望着他冷笑：「你倒生財有道，那個替你接頭的線人叫什麼名字，在什麼地方？」

那傢伙道：「他叫雅拔，每天下午三時，在市郊的一個公園，一尊石像

下，風雨無阻的。」

我略想了一想，心忖在那個叫作雅拔的人身上，可能還可以得到一些關於鄧石的消息，雖然希望微乎其微。

我又伸手將那傢伙提了起來：「好了，你帶我離開這裏，由正門出去。」

我一面命令着那傢伙，一面叩動着裝在我牙關座上的無線電發報機，我要拉達克立即派一輛車子到某國大使館的正門來。

然後，我以槍脅持着那人，向外走去。

向外走去的經過很順利，由於我制住了特務頭子，所以我可以說通行無阻。我來也順利，去也順利，可是我卻遭了慘敗！

我才一出大門口，便看到一輛車子，向我疾駛了過來，司機正是拉達克自己，當車子開到了我的身邊之際，車門打開了。

我猛地用力一推，將那傢伙推在地上，同時，躍進了車子。

當我在拉達克的身邊坐定之際，第一件事不是拉緊車門，而是轉過身來，向那傢伙雙腿的膝關節部分，連開了兩槍！

那傢伙哀號着，在地上打起滾來，車子已經向前飛駛而出。

我是很少做這樣事情的，但是那傢伙竟用這樣歹毒無恥的手段來對付我的

老朋友胡明，和另外幾位學者，我激於義憤，無法不令他吃點苦頭！所以，我

才開槍射他的膝關節的，這兩槍，會使那傢伙雙腿被割去，令他終生殘廢！

拉達克一直沒有出聲，一直到車子駛出了相當遠，才問道：「為什麼？」

我回答道：「因為沒有找到解藥。」

拉達克輕輕歎了一口氣：「那是我早料到的了，那金屬片呢？」

我搖了搖頭：「也給鄧石搶走了。」

拉達克苦笑了一下：「衛先生，我認為你還是快一些離開這裏的好。」

我卻搖了搖頭：「不，我還有一點線索，可能沒有什麼用，但是我卻不

死心。」

拉達克道：「什麼線索？」

我道：「那特務頭子有一個接頭人，叫雅拔，每天下午在郊外公園處出

現，我要去找他。」

拉達克點了點頭，將車子停了下來。

我也不知道那時，是在什麼地方，我更詫異何以拉達克將車子停在這裏。

我正在奇怪間，拉達克已道：「請原諒，這件事，使我們警方的處境十分尷尬，我們正在大受攻擊，如果外界知道我們將希望全都寄託在你的身上，而你又失敗了的話——」

他講到這裏，略頓了一頓，才又道：「那麼，警方所受的攻擊將更加凌厲了，所以，我認為即使你不肯離開的話，從現在起，你也極不適宜再和我們發生任何的關係了，可以麼？」

我呆了片刻：「我想沒有什麼不可以。」

當然，我在講這句話的時候，心中是相當不愉快的，因為在他們需要我的時候，儼然將我當作大英雄看待，要我去冒險，如今我失敗了，他們卻又以種種藉口，要將我踢走了。

我還未曾試過這樣被人利用過，所以我講完了之後，又冷然道：「可是要我現在下車麼？」

拉達克不好意思地笑了笑，不等他開口，我已經明白他是什麼意思了，我用力拉開車門，下了車，回過頭來，將手打橫一劃：「拉達克先生，請你記住，我們之間沒有任何關係的了。」

拉達克還在裝模作樣：「你心中是在見怪我們了，是不是？」

我不再聽他說話，只是大踏步地向前走去，直到我走出了兩條街，我心中的氣憤，才漸漸地平了下來，我也站定了身子。

如今，我已只有一條路可走了，我必須見到那個公園叫雅拔的人。

我截了一輛出租汽車，吩咐司機向市郊的那個公園駛去，三十分鐘之後，我到了目的地。

那個公園，實際上可以說只是一塊空地而已，但也多少有點樹木。我轉了一轉，便在離石像不遠處的一個長凳上坐了下來。

我看了看手表，時間還早，我足可以打一個瞌睡。我閉上了眼睛養神，可是由於我心情實在太亂了，儘管我在大使館中勞頓了一夜，十分疲倦，但是我仍然是沒有法子睡得着。

我索性又站了起來，來回地走着，在公園中的人並不多，那個叫雅拔的傢伙，選中了這一個地方，來替某國大使館的特務頭子接「生意」做，倒是十分聰明的。

時間過得出奇的慢，好不容易到了二時五十分，我看到一個大胖子，慢慢

地向前走來，幾乎是正三時，他在石像旁的長凳上坐了下來。

那是雅拔，那毫無疑問地是他！

我連忙站起身來，向他走去。

即使在那一刻間，我還是不抱着任何希望的，因為若然鄧石也是照這個方法來找他的話，那麼，他又有什麼線索可以供給我呢？

然而，當我來到了他的面前，他抬起頭向我望來之間，剎那間，什麼都不同了。

我看到那胖子，突然挺了一挺，他的手突然向後伸去，可是他顯然抓不到什麼，他面上的肌肉，可怕地扭曲着，他瞪大着眼望着我，眼神之中，充滿了疑惑不解的神色。

這時，不要說他大惑不解，連我也是一樣！

但是，我卻立即明白了，胖子雅拔是在背後，受到了襲擊！他快要死了！

但是，在胖子雅拔的背後，卻又沒有人！

這說明了什麼？

這是我反敗為勝，千載難逢的良機！

我立即想到，雅拔是傷在鄧石的「手」下的。我沒有聽到槍聲，而看胖子雅拔的情形，也不像是中了槍，他一定是中了一刀。

鄧石的手匿在附近，而手中握着刀，當雅拔來了之後，或者是鄧石算準了時間，一到三點正，就立時動手一刀向前插來。而一刀插進了一個人的背部，要立即拔刀出來，並不是那麼容易的事，我也未曾看到有一隻手逸了開去，也就是說，就是鄧石的手，還在胖子雅拔的背後。

我腦中想到了這結論之際，離事情的發生只有幾秒鐘的時間，我用了最快的速度，向前撲了過去！

我將雅拔的身子，緊緊地壓在木條長凳之上，雅拔這時候還未曾死，他睜大了眼睛望着我，喉間發出一種奇異的喘息聲來。

那種喘息聲，是人將死之前的一口濁氣，和着他喉間的血團在打滾時所發出來的，聲音十分難聽，令人噁心，但是我這時卻仍然緊緊地壓住了雅拔不放鬆。

因為當我壓住了雅拔之後，我仍然未曾看到鄧石的手離開，那大有可能，是他的手已被我壓住在胖子的身體和椅背之間了。

我當然不肯放鬆，而這時候，幸而我附近沒有別的人，要不然，我的這種

行動，自然會引起人的注意，而如果一有人注意的話，當然我就會被人發覺我是伏在一個將要死去的人身上，那我就麻煩了。

胖子喉間的聲音，漸漸在靜了下來，他的身子自然也應該不動的了，但是，我卻覺得他的胸口在用力向上挺着，那是不可能的，然而這種不可能的情形，卻又使我狂喜起來。

我這時是緊緊地壓在一個死人的身上，那是一件極其令人噁心的和恐怖的事情，而我居然會狂喜起來，那是因為我覺出，雅拔的胸口在向上挺，並不是他自己在動，而是他背後的什麼東西在動！

在他背後用力掙扎着的是什麼？當然就是鄧石的手了！我終於又可以捉到鄧石的手了，那比在雅拔口中得到有關鄧石的任何線索來得更好！

有了上次在酒店中的經驗，我知道只要制住鄧石的手之後，鄧石會在短時間內趕到，而我就可以反敗為勝！

我的手小心地撓過了雅拔的身子，伸到了背後，我的手觸及了在雅拔背後的手，鄧石的手！

接着，我便抓到了一根手指，我狠狠地用力地扭曲着這根手指，直到那根

手指的指骨，發出「拍拍」的、幾乎斷折的聲音。

我斷定這隻手已再沒有反抗的能力了，我才一推雅拔的身子，那隻手的一根手指被我抓住，但是它的其餘四隻手指，卻向我亂抓亂插，我忍着痛，向外疾奔了開去，始終握着那根手指。

在奔出了六七十步之後，我停了下來，我將那隻手用力地踏在腳下。那一段時間中的事情，在事後回想起來，簡直如同是在做一場噩夢一樣，我可以說曾經和各種各樣的人打過架，可是和一隻手，作這樣劇烈的爭鬥，卻還是第一次！

我將那隻手踏在地上，用的力道是如此之大，以致那隻手的手背，發出了「格格格」的聲音，幾乎要被我踏爛了一樣。

接着，我意料之中的事情發生了。

鄧石滿頭大汗，氣喘如牛地向前奔了過來，他直奔向我，在我面前呆了一呆，然後，撲向地上，伸出他的右手臂。

在我還未曾明白究竟他想作什麼間，他的右手腕和右手，已連結在一起了！

而也在這時候，我的右足狠狠地抬了起來，一腳踢中了他的面門。

那一腳，我用足了力道，事情已到了這種地步，我沒有可能再和鄧石作出

任何妥協了，我當然要將他徹底打倒才行。

我那一腳踢了出去，只聽到他的面部發出了一下極其可怕的聲音。他的身子猛地向上仰了一仰。

但是由於他的右手仍然被我踏著，所以他的身子，並未能仰天跌倒，而是在仰了一仰之後，又突然向下，仆跌了下來。

在他一仰一仆之間，他的右手臂又發出了兩下可怕的「格格」的聲響。

他仆下地來之後，我一俯身，一把抓住了他背後的衣服，將他拉了起來，再將他的一隻手臂，搭在我的肩上，我將他負著，向前急步地走去，他這時早已昏了過去，只有任我擺布。

我將他一直負出了公園，幸而沒有引起別人的注意，在公園外面，有一輛小汽車停著，我知道那一定是鄧石駛來的車子。因為那汽車車門打開著，可見駕駛人是急不及待地向外跳出來的。

我將鄧石塞進了車廂，為了怕他半途醒來，我又在他的後腦，重重地加上了一拳。

然後，我駕著車，向前駛去。

我對這個城市，並不十分熟悉，而我又不能回到胡明那裏去，因為自從研究室的事情發生之後，胡明入了醫院，胡明的住宅，也有不少警方人員在留守着。我也不想再和警方人員發生任何關係。

到了一個十分荒涼的地方，我才將車子停了下來。鄧石仍然昏迷不醒，我將他的身子提了起來，不斷地搖着，在我出力搖着他，而他的頭部左右搖擺之際，我真怕他的頭會跌了下來！

而我也趁機檢查了他的頭頸、手腕等地方，看看有什麼脫落接合的痕迹。

但是卻一點也沒有，和常人一樣！

十分鐘後，鄧石開始呻吟起來。

我也不再搖他，由得他去呻吟，他又足足呻吟了十分鐘之久，才睜開眼來。事實上，他這時所謂「睜眼」，只不過是將眼睛張開了一道縫而已！

因為他的雙眼早已被我那一腳踢得又紅又腫！

他可能費了好久時間，才看清我，然後，他發出了一聲呻吟：「又是你！」

又是你！」

我冷笑道：「不錯，又是我。」

鄧石道：「可惜呀，可惜！」

我一伸手，抓住了他胸口的衣服：「可惜什麼？」

鄧石的答案，更令得我十分吃驚。

他道：「若是再給我二十四小時的時間，哼哼，十個衛斯理，也在我手中成灰了！」

我的吃驚是有理由的，因為鄧石曾在我的手中失敗過幾次，他每一次失敗之後，總會十分兇狠地講上幾句話，而那幾句話也總是兌現的。

他那幾句話，是什麼意思，我還不十分明白，但是我卻明白一點：不能再讓他脫身了！

我裝着不屑的神氣：「再過二十四小時，那時，你會變成大力士了麼？」

鄧石突然激動了起來：「再過二十四小時，我，我，我會——」

他先是激動，講不出話，後來，他像是省起那是不能和別人亂說的，是以又突然停住了口。

我心知他的心中一定有着十分重要的秘密，但當然他也有可能是故意如此，來引我注意的，如今我卻不屑理會，我只是記得：胡明已成了白癡，這一

切全是鄧石弄出來的。

而胡明是我的好友，我必須為胡明報仇，所以我冷笑一聲：「你的手段居然如此狠辣，你要自食其果！」

鄧石只是瞪着我，並不還口，我右手抓住了他胸口的衣服，左手揚了起來，狠狠地兩掌，打在他的臉頰之上，他的腦袋順着我的掌摑，而左右猛烈地擺動了起來，他口角立時流血，而他的雙頰之上，也立時出現了兩個手印！

那兩個手印才一出現時是白色的，接着，便變成了通紅的顏色。他喃喃地道：「別打我，我已經說過了，別打我，別打我！」

我狠狠地道：「別打你？你可知道，由於你的愚昧無知，已使得六名傑出的學者變成了白癡？你可知道你犯下了什麼罪，我非但要打你，而且要不斷地打你，使你也因為腦部震盪而成為白癡。」

我一面說，一面又重重地摑着他，他雙手亂搖：「別打了！別打！」

我仍然繼續打着他，突然，我停手了。

我之所以突然停手的原因，並不是因為他的哀求，也不是因為他已昏了過去，而是在那一剎間，鄧石臉上的神情，起了變化，他臉上的肌肉，可怕地扭

曲着，突然之間，他的頭，和他的頭頸分離了！

那種突如其來的分離，十分難以形容，因為事情超乎人類多少年來的生活知識範疇之外，我知道我所抓住的，還是一個活人的身體，但是我卻看到，那個活人的頭，離開了脖子，向上升了起來。

我並且聽到，在向上飛起來的人頭口中，發出了可怕的笑聲，在那一刹間，由於過分的驚駭，我立時鬆開了手，鄧石的身子扯開車門，向外奔去。

在車門打開的一刹那，他的頭飛了過去，頭和身體，迅速地在車外合而為一。

我心中實在怒極了。因為鄧石居然用這樣的方法愚弄了我，我甚至絕未考慮地開着車子去追他，我突然踏下了油門，車子呼嘯着，向前衝出！

車子是對着鄧石衝了過去的，鄧石回過頭來，看到汽車向他撞了過來，他臉上現出了驚駭欲絕的神情，同時，發出了一聲大叫！

而他那一聲大叫的聲音，卻完全被車子撞中他時所發出的隆然之聲所蓋了過去，他被車子撞着，跌出老遠！

我也陡地停住了車子。

在我停住了車子之後，我的理智恢復了，我連忙跳出車子來，我實在是不應該用車子這樣去撞他的，我奔到他的前面，俯下身去看他。

他傷得十分重，就算立即有一輛救傷車在旁邊，只怕他也來不及送到醫院去就會死了。

我望着他，心中感到十分不自在，鄧石的口角不斷湧着血，卻還想講話。

我將身子俯得更低：「你有什麼話說，快趁早說了吧！」

鄧石口角顫動道：「你……滿足了？」

我僅有的一點歉意，也因為鄧石的這一句話而消失了，我冷笑一聲：「你死了，也不能使六個學者清醒過來，我有什麼滿足？」

鄧石面青目腫的臉上，忽然現出了一絲十分猙獰和得意的笑容來，這一絲得意和猙獰的神色，居然會出現在一個將死的人臉上，這實在是不可思議的事情，我呆了一呆，已聽得鄧石道：「可以的，可以令他們清醒的，世上沒有不可能的事，如果我有了那力量，我可以做一切，我有……一切……力量……」

我更是吃了一驚：「你說，被害的六個學者，可以恢復原狀？」

鄧石勉力掙扎着，撐起身子來的目的，竟就是為了向我點了點頭：「是的！」

他只講了兩個字，便又跌了下去，然後又道：「可是我……絕不會告訴你！」

他在講到「絕不會告訴你」這句話時，那種咬牙切齒的神情，我就知道，我再向他多問也是多餘，因為他正是以絕不肯告訴我這一點，來作為對我的最後報復的。

忘記，我本來想向他逼問，但是看到了他這樣的神情，我就知道，我再向他多

我呆呆地站著，過了一分鐘，我最後的機會也消失了，鄧石在呼出了急促的一口氣之後，死了。

人的生、死實是難以形容的事，鄧石一斷了氣，他的面色立即就變了，變得如此之可怕，令人難以卒睹，我立即轉過頭去。但是我卻並沒有離開，因為鄧石的話，給了我新的希望。

胡明他們可以有救！

可以救他們六個人的辦法，鄧石雖然未曾告訴我，但難道他一定要他告訴我麼？

難道我不能自己去尋找，去發現這個辦法麼？

奇怪的是，當時我竟絕未考慮鄧石所說的是假的，那或許是由於鄧石講那一番話時那種恨極的神情，使我深信了他的話的。

我既然要自己去尋找，發現救那六個人的辦法，我自然是不能憑空去亂找

的，我必須要在鄧石的身上，得到線索，才可以進行。

這便是我為什麼不離去的原因。

我轉過了頭去之後一會，又轉回身來，我在鄧石的衣袋之中搜尋着，我找到了一個記事本，一個銀包，和許多零碎的東西。

我打開了銀包，其中有一疊約莫十來張名片，名片上印的名字是「鄧傑」，街頭是一個考古團的團長，這是在埃及流行的街頭，在下面，則是一個地址。

雖然卡片上的名字是「鄧傑」，但是我立即斷定那就是鄧石的另一個化名。

當我第一次在楊教授的舞會中見到鄧石的時候，楊教授曾說鄧石有許多化名？

那麼，那個地址，定然是鄧石的居所了！

這是一個極重要的發現，鄧石死了，他這個人生前一切神秘不可思議的事，要追查起來，也更加困難。但是如果我有了他的地址，可以在他的住所，進行仔細的搜索，只怕會有收穫。而且，他死前說他有辦法解救胡明等六個人的時候，明顯地表示只有他才知道那辦法，那麼是不是他會留下線索呢？

我不敢肯定一定有線索，但是卻敢肯定，如果有線索的話，那一定是在他的住所之中！

所以，我得知了他的地址，是一件十分重要的事情。

我退回到汽車中，就將鄧石的屍體棄在荒野，我知道他會被人發現的，而被發現之後，又會被當作無名屍體來處理，我實在不耐煩多去理會他了。

和鄧石發生了糾纏以來的這一段日子，可以說是我一生之中最不愉快的日子了，而這一大段不愉快的日子，卻有一個更不愉快的結局：我在怒火遮掩理智的情形下，用車撞死了鄧石。

鄧石是該死的臭驢子，但是在怒火之中撞死一個人，對我來說，絕不會是一件愉快的記憶。再加上胡明等六個人成了白癡，而鄧石那種神秘的不可思議的支離能力似乎要永遠成為一個謎，這使我更加有說不出來的煩躁，又歸咎於鄧石，所以我才會全然不理會他的屍體，而逕自離開去。當我駕着車子，駛出了七八哩之後，我那種煩躁的心情，才漸漸平復了下來。

我這時，也已經進了市區。我雖然得了那個地址，但是我仍然不知它在什麼地方，我不斷向我遇到的警員詢問，同時，由於開車的速度已不能太快，所以我有時間翻閱那本記事本。

那記事本上面記的，全是一些瑣碎的事情，在最近的幾天中，有「和雅拔

見面」、和「第一號談妥了條件」等的記載。

我相信記事本中的「第一號」，就是那被我射斷了雙腿的特務頭子。我繼續看下去，在研究室出事的那天，他寫着「保祐我」三個字，而在這三個字以後，便是一片空白。

這個記事本並沒有給我什麼幫助，但是，我卻在記事本後面的備忘錄上，發現了幾組號碼。那幾組號碼都是六位數字，看來是開啟保險箱的秘密號碼。

在經過了不斷的詢問之後，我終於在一幢灰色的小洋房前，停了下來。那一幢英國式的雙層小洋房，以前毫無疑問是英國人居住的，屋內十分靜，看來不像有人，但，我還是按了門鈴。

按了門鈴之後，我等了五分鐘，仍然沒有人來開門，就用百合鑰打開了門，走了進去。

第十一部

鄧石的日記

門內十分陰暗，氣氛陰森，我一推門便停了下來，到眼睛適應了黑暗，才仔細打量屋中的一切。

房子是英國式的，進門是樓梯、走廊，走廊通向廚房，在走廊的一旁是起居室，房子在外面看來很好看，但是一走進來之後，卻給人以一種十分不舒服的感覺。

那種不舒服的感覺，十分難以形容，這倒不僅是由於滿滿地遮住了窗帘，、光線陰暗的緣故，而是好像有受了欺騙，或是不公平待遇之後的那種感覺。

我在樓下走了一遭，瀏覽了一下，看不出什麼異狀來，又向樓上走去，樓上一共是五間房間，我打開了第一間房間的房門，便不禁呆了一呆。

還記得我在未到這裏以前，便已經有機會窺視過鄧石住所中的情形？當時我已可以看到鄧石的一間臥室，那間臥室之中，除了一隻大盒子之外，什麼也沒有。

在這間房間的中心，正有着一隻可以供人躺得下的盒子，盒蓋蓋着，而貼着牆，有一些我難以形容的東西，那像是一組儀表，但是卻又絕不是現代的。

我所謂難以形容的原因就是在這裏，儀表是現代科學的結晶，但是如今我所看

216

到的這一組儀表，不是現代的，它給人以古董的感覺。

那些指針、和看來全然莫名其妙的文字，是箝在許多形狀不規則，表面粗糙的石塊之中的。有一些金屬線，從那一組「儀表」上通出去，通到正中的盒子上。

我打開了那盒子的蓋，盒內是空的。當我對着這空盒子的時候，我的心中，突然起了一種極其強烈的衝動：要躺進盒中去，要像我上次看到鄧石的時候鄧石所做的那樣，躺進盒中去！

可是我心中堅決地告訴自己：不要躺下去！這盒子對我起着一種極有力的誘惑，要誘惑我躺下去？

我的心中，突然升起了一股極恐怖的感覺，我全身都感到了一股寒意，頭皮起麻，急忙退出了這間房間，心中突然有死裏逃生之感。

站在門口片刻，對於剛才那種莫名其妙的感覺，猶有餘悸，決定不再走進那房間去。

我打開了第二間房間的門，那間房間，也和我曾經看到過的鄧石另一個住所中的一間房間一樣，在牆上有許多凹槽，恰好可以放下人體的各部分。

217

而這時，我更看到，在房中間，放著一張樣子很奇特的椅子，那張椅子是用繩子織成的，它的支架則是一種深黑色的木。

我再打開了第三間房間的門，三間房間之中，只有這一間是正常的。

那是一間書房，有一張書桌，兩排書櫥和兩張安樂椅，我到了書桌之前，書桌上十分凌亂，有許多紙張亂堆著，而當我拿開那些紙張的時候，我看到了那一片金屬片！

那便是胡明等六個學者正在研究的時候，被某國特務搶走，而在某國大使館中，我和特務頭子糾纏中又被鄧石搶走的東西。

在金屬片下面，還壓著一張紙，那張紙上，寫著四行相當工整的英文，那四行字，一看便知道是一個字一個字寫來的，而且每一個字之間所隔的時間都相當地長，一則因為字與字之間，沒有聯繫的「行氣」，二則，好幾個字的墨水顏色，也有差異。

這使我想到，那紙上的字是那金屬片上文字的翻譯，鄧石一定是正在從事翻譯的工作，而他雖然可以譯出那金屬片上古怪的文字來，他仍然要十分費力地逐字為之譯出，而不能一氣呵成。

我連忙去讀那四行字，只見那是「伯特雷王朝的大祭師是牛神的化身，他

有能力使人死而復生，他的墳墓，在偉大的宙得神廟以東十哩的地下，他的一

切能力，都隨他之死而到了他的墳中，大祭師是神的化身，無數人可以證實這

一點，大祭師——」

只翻譯到這裏，便沒有了下文。

而鄧石還在金屬片上做了記號，他所翻譯到的最後一個字，有着記號，他

大約只翻譯了金屬片上的文字十分之一左右。

他所翻譯出來的文字，我看了之後，覺得一點興趣也沒有，這種記載，在埃

及的古物之上多的是，古時人相信某人是神的化身，毫不出奇，令人出奇的該是

直到二十世紀六十年代，還有其蠢如豬的人把一個人當作神一樣來崇拜。

（一九八六年按：這句話其實大可刪除，但當時既曾有過這種情形，也就

不妨保留。）

所以，我對那金屬片的價值的估計，也立時大大減低，我想不通鄧石這樣

拚死拚活要來爭奪這金屬片，是為了什麼。

如果不是他出盡手段來爭奪那金屬片的話，他也絕不會死在荒郊。

我不再理會那金屬片和那張紙，我退後了幾步，在一張安樂椅上坐了下來，托着頭，無可奈何地思索着，我雖然到了鄧石的住所，但是看來我卻仍然得不到什麼，我該怎麼辦呢？胡明他們，真的是沒有希望了麼？我不能救他們了麼？

我茫然抬頭，無目的地四面望着。

但是突然之間，我霍地站了起來，我的心中，陡然一動，我覺得我已找到了這房子的秘密了！

我這時所在的那間房間，十分寬敞，大約有兩百平方呎，而這還是三間房間中最小的一間。那也就是說，二樓連同走廊的面積，大約是八百平方呎了。

可是，樓下卻十分窄小，至多只有六百平方呎，這就是為什麼我一進屋子，便立即會有一種被欺騙了的感覺的原因。

沒有什麼屋子是二樓的面積比樓下更大的。那麼，事情已經再明顯也沒有了，這幢屋子的樓下，還有一間我未曾發現的密室！

我連忙衝了下去，仔細地尋找着，不到二十分鐘，我已然有了收穫，我在移開了掛在起居室東面牆上的一大幅油畫之後，看到了兩組鑲在牆內的字盤。

我立即起了在那小記事本上看到的兩組數字，我取出了小記事本，依照那兩組數字的次序，去撥動字盤，從我的經驗，我知道這兩組數字，正是開啟那兩座字盤的秘密號碼。

等我撥完了這十二個號碼之後，我前面的那幅牆，有一個狹條，向上升了起來，升高了三呎，便停止，我俯下身來，向前看去。

裏面，大約是一間近兩百平方呎的密室，作長條形，它是將原來的起居室切下一條來而造成的，我走了進去，找到了電燈開關，亮着了電燈。

那密室中也有一張書桌，除了那張書桌之外，則是許許多多的古物，雜亂無章地堆在一起，那些古物毫無疑問全是埃及的，而且其中，還有着十分貴重的東西，例如一具黃金製成的面具就是。

這種面具，通常放在帝王的木乃伊頭上，十分名貴，世上所見到的也極少。

我略為看了一下，便來到了書桌之前，書桌的抽屜沒有鎖，我拉開了第一個抽屜，看到了一大疊活頁薄，釘在一齊，一個皮封面上寫着幾個字：有關不幸的遭遇一切記載。我呆了一呆，打開來，那是日記。

日記是鄧石寫的，我先看第一頁，看了第一頁之後，我又忍不住去看第二

頁，然後，我一頁又一頁地看下去，直到看完。看完之後，我木然而立。

我的腦中實在混亂到了極點！

混亂當然是看了鄧石的日記之後引起的，我甚至覺得天旋地轉，彷彿我不是生活在現在，而已回到了幾千年之前，極為混沌神秘的古世界之中去了。

鄧石的日記前後相隔的時間達五年之久，其中有的是一天接着一天的，有的一跳便是大半年。

有的時候，一天只有兩句話，有的時候，一天的記載，詳細得猶如一篇小說，不但有對話，而且將雙方的神態也記了下來。

鄧石的日記，我加以披露，我刪去了許多不必要的部分，留下來的可以算是有關這件奇事的精華。

我照原來的形式披露鄧石的日記，而不由我來作一個簡單的敘述，是因為鄧石的日記中所記載的事，十分離奇曲折，不可思議，無法簡簡單單，三言兩語將之講完。二則，是由於鄧石日記中所記載的事情，和我以後的遭遇，還有着相當重要的關係之故。

各位讀者請注意：這日記全是鄧石所經歷的事情，所以，那個「我」，是

鄧石。

以下便是鄧石的日記。

七月六日

酷熱，一個阿拉伯人突然來，帶來了十二顆紅寶石，索價甚是便宜，這是十二顆見了之後，令人驚心動魄的紅寶石，絕對是真貨，阿拉伯人態度神秘而言詞閃爍，他這些紅寶石也不一定來歷不明，但雖經嚴詰，他卻顧左右而言他。

七月七日

為了小心起見，將紅寶石寄巴黎，交由珠寶專家巴薩摩鑒定，買保險一百萬鎊。

七月八日

得巴薩摩急電，紅寶石是稀世珍品。

七月九日

再晤那阿拉伯人，上次見到那阿拉伯人，完全是一個偶然的機會，是在一家珠寶店的櫥窗外徘徊，那阿拉伯人湊上來問：「想買好的寶石麼，先生？」

「是的」姑且回答着他。

「我有很好的寶石，先生，如果你識貨的話，你一定可以知道我擁有的是真正的好寶石，而我的索價，只不過是市面上的千分之一，先生，如果你要的話，給我地址，我送來給你。」

抱着姑妄聽之心情，給了他地址，那阿拉伯人看來骯髒而令人討厭，但這裏是一個神奇的地方，說不定會有什麼奇妙的事情發生。只是告訴他，需要一些紅寶石，他果然帶來了十二顆，而且如今經過鑒定，那是極稀少的珍品，所以需要再見他。

再到那珠寶店集中的街道去，果然又見到了那個阿拉伯人，直向他走去，他像是一頭野獸看到人類之逼視也似地反望着，然後，他先開口：「還要些寶石麼？」

「是的，要一些上佳的綠玉。」

「先生，我的東西，全是上佳的，請你放心，還是送去上次的地址？」

「是的，但是我要得很緊，最好在兩小時之後送到，做得到麼？」——這樣，是希望他立即去取寶石，而我早已經準備跟蹤他的了。

「不行，先生，給我一天的時間，我要跋涉很遠的路途才能取到寶石的，明天早，我替你送來。」

他講得堅決而不容改變，我只好點頭答應，轉身離去之後，在街角，套了面具，除下外衣，穿上早已藏在身邊的阿拉伯長袍。

化裝成為一個普通的阿拉伯人，前後只不過花了一分鐘，再走出街角時，那阿拉伯人已失了蹤迹，連忙急步追了過去，方在一條小巷中看到他的蹤影，便亦步亦趨地跟在他的後面。

他是從哪裏得到這樣好的寶石的？他是國際珠寶集團的賣手？然而，據巴薩摩巴黎來的急電，這十二顆紅寶石從來未曾入過記載，那麼好的紅寶石，如果有過一次公開交易的話，是一定會有記載的，他是怎麼得到那些紅寶石的呢？

由於不斷的思索，好幾次幾乎因之失去了阿拉伯人的蹤迹。

一小時之後，那阿拉伯人走進了一間污穢而矮小的屋子，聽得他在叫一個

人，叫的是：「鹿笞！」聽到回答聲，他便和一個矮小的人一齊走出。那人十分矮小，大約只有四呎高，身上的衣服，比阿拉伯人更加骯髒，他的頭上包着一塊白布，只露出兩隻眼睛在外。阿拉伯女人這樣裝束的很多，但是從腳步、身形上來看，那矮子不是女人，不是女人為什麼又要蒙住了頭？心中的疑慮愈來愈多，跟蹤得也格外小心。

前面的兩人，一直在步行，出了城市，向荒郊走去，他們顯然慣於步行，天色漸漸黑了下來，使我仍然可以順利地跟在後面。出了市區之後，又走了近十哩，前面是著名的一座太陽神的廢廟。

那曾經是一座規模十分宏大的廟宇，但久已廢置了，巨大的石柱東歪西倒，人只能在廟的附近處瞻仰一下，想要進去是極困難的。

他們兩人到了廟前停下。藉着一叢灌木的掩蔽，在距他們五步處伏了下來，阿拉伯人低聲在講話，他的聲音聽得相當清楚，他道：「希望你能夠分辨得出什麼是綠玉！」

那矮子以一種十分怪異，十分乾澀，聽了令人極不舒服的聲音道：「我分得出的。」

那顯然不是女子的聲音。他們要取綠玉了，綠玉在什麼地方？紅寶石也是在這裏取來的麼？可是在黯淡的月色下，除了灰白色的石柱、石塊和殘存的石階之外，什麼也看不到，哪裏有寶石的影子？

那矮子伏在地上，阿拉伯人用他身上的那件骯髒的袍子蓋在他的身上，將聲音，他的身子似乎在白袍之下不斷地顫動着，但過了不久，白袍之下便靜止了。

那矮子的身子，完全蓋住，接着，便是那矮子發出了一陣怪誕到難以形容的聲音，他的身子似乎在白袍之下不斷地顫動着，但過了不久，白袍之下便靜止了。

那阿拉伯人一直等在旁邊，接下去的一個小時，是沉悶得令人難以度過的，但下定決心要查看究竟，當然只好仍然等着。

一小時之後，白袍覆蓋之下的那矮子，又顫動了起來，他站了起來，裹着那件白袍，那阿拉伯人問道：「怎麼樣？怎麼樣？」

那矮子不講話，只是發出「唔唔」的聲音。

這時，看不到他的臉色，但可以肯定，那矮子的臉色一定不會好看。他們兩人匆匆地離去，他媽的，他們在搞什麼鬼？綠玉已取到了麼？他們繼續跟蹤，他們回到了市區，進入那骯髒的屋子，天色已將亮了，一直等

227

到天明，必須回酒店去了，因為和阿拉伯人約定的時間快到了。

他媽的，跟蹤了一晚，一點結果也沒有！

七月十日

回到酒店之後，只不過睡了一個小時，便有人來叩門。

我將門打開，閃進來的是那阿拉伯人，幾乎想要破口罵他，但是卻罵不出口，因為他已將六粒卵形的綠玉，放在桌上，他只要一千鎊一顆，老天，一千鎊，買這樣的綠玉，是假的也值了。

七月十一日

綠玉是怎樣來的，足足思索了一整天，不得要領，又將綠玉寄出。

七月十二日

巴薩摩急電來問：是不是掘到了所羅門寶藏。綠玉是極品，每一顆的價值，在十萬鎊以上，這是不可思議的奇事，必須再去探索究竟，再到那幾家珠

寶店門口去，不見那阿拉伯人。

等了許久仍然不見，自己走那天晚上走過的路，來到了那間骯髒的小屋子前，用力地拍門。

「是誰？」自屋中傳出了一個奇異的，乾澀的聲音，那正是那個被稱為「鹿答」的矮子的聲音。

並不回答他，逕自推門而入，屋中一條矮小的人影，突然像吃了驚的兔子也似地跳了起來，他想從門口竄出去，但門口被塞着，他於是不斷地後退，一直退到了屋角，方始站定。

屋內簡陋到了極點，絕對無法想像這樣的屋子，會和價值十萬鎊一顆的綠玉有關。那矮子仍縮在牆角，向他望去，實是令人吃驚，如果早已看到了他的尊容，說不定會沒有勇氣阻在門口，而任由他逃走了！他有着一張不屬於人的臉，他的臉像是一頭狼，掀天的鼻子，充滿了血絲的眼睛，一張歪裂了開來的嘴，和可怕的獠牙。

這樣的人，在街道上走的時候，如果不是套上頭罩的話，那一定會使得所有的人吃驚，他在外出的時候套上頭罩，那算是有自知之明的。僵持了五分鐘

之久，他才開口：「你……你作什麼？」。

「你是鹿答？放心，我沒有惡意的。」由於他的英語生硬，因之反問也是一字一頓的。

他點着頭。

「鹿答」一面走近來，我一面道：「我還要些綠玉，綠玉，你明白麼？」

他又點頭。

「你給我取到綠玉，我給你錢，錢！」取出了兩個金元，在手中叮噹地叩着，鹿答的血絲眼頓時瞪得比銅鈴還要大！

將兩個金元放在他的手中，他緊緊地捏着，過了一會，他套上了頭罩，他一定是取綠玉了，他走到門口，可是突然地，他反手將兩個金元向我拋來，向外逃了出去。

立即退出去，鹿答已不見了，而幾個兇惡的阿拉伯人向我逼近來，狠狠地道：「別來惹鹿答！」

狼狽而逃，他媽的倒霉的一天。

七月十三日

是十三日，又是星期五，大抵不會有好運，果然仍不見那阿拉伯人，也找不到鹿答，自己到廢廟去，一直來到了鹿答那天晚上伏着的地方，那是一塊大石，看來像是大石基。

在大石上，有一個小小的圓洞，那個圓洞，勉強可以供一個人的拳頭伸進去，向內張望，什麼也看不到，將耳朵俯在洞口，聽到十分空洞的空氣震蕩聲，這證明下面是一個大洞。

綠玉和紅寶石就是從下面取來的？這未免太容易了，連忙將拳頭硬塞了進去，將手臂伸到最直，但是抓到的是空氣。

伸進石洞去的手臂幾乎縮不回來，真是縮不回來，那才成了大新聞了。

七月十四日

十三日星期五當真是倒霉的一天，還是設法尋找阿拉伯人，今天，意外地發現鹿答也在找他，當我向鹿答走過去時，他奔開了。

七月十五日

沒有結果。

七月十六日

今天是奇妙的一天，真正奇妙的一天，奇妙極了！在那條陋巷之中守了兩小時，見到了那阿拉伯人，於是用槍將他指嚇着，到了荒郊，這阿拉伯人講出了一項驚人的秘密！

寶藏是在那個小洞之中，但是卻在地下深達六十呎的一個地窖之中，要通過七度厚達呎許的石板，才能夠碰到寶石，但是每塊石板上，都有着可以供人伸進拳頭去的小孔，鹿答有這個能力，他能夠使自己的手，伸下六十呎的深處去取東西，這實在是沒有法子令人相信的，但阿拉伯人又不像在說謊。

終於，找到了鹿答，再到了那個廢廟之旁，這次，鹿答的身上沒有蓋白袍，他的手臂在伸進那小洞之後，和他的肩頭脫離了！

那不是幻覺，那是事實，他的手臂離開了他的肩頭，到六十呎以下的地底去活動了，這是什麼力量，這是什麼現象？

這種力量，豈不是比任何財寶更誘惑人？鹿答具有這種神奇的力量，可是他看來卻像一個白癡，那阿拉伯人的智力也高不了多少，這個秘密，看來只有阿拉伯人知道，但是這秘密應該只有我一個人知道，於是，絕不猶豫地殺了那個阿拉伯人。

鹿答見阿拉伯人死了，一躍而起，想要逃走，可是他左手已被捉住。

他的左手隨着離開了他的手腕，他繼續向前奔去，但不等追上去，他又奔了回來，他的口中，發出了一陣陣奇怪之極的聲音，相信世界上沒有一個人懂得他在講些什麼，他竭力掙扎着，他身上的衣服被撕裂，他是一個令人噁心的殘廢人，但是他的胸前，卻用發黑的麻繩，掛着一件奇妙的物事。

那是一個十分難以形容的物事，它像是一隻煙盒，約有兩吋見方。

在搶奪那奇妙的物事間，鹿答逃脫了。在知道難以追得上他之後，一聲槍聲結束了追逐，鹿答奔得快，但快不過子彈，他死了。

七月十七日

一連殺死了兩個人，奇怪的幻覺不斷而來，飲酒，只有酒可以驅除這種

幻覺。

七月廿一日

大醉了四天，醒來的時候，人竟在醫院中，我的手中，還抓着自鹿答身上取下來的那東西。鹿答和阿拉伯人的屍體已被發現了，沒有人疑心，當然不會有人疑心我的。立即離開了醫院，回到了住所，那東西可以從當中剖開來，用一柄薄薄的小刀，輕輕一撬，就做到了這一點，撬開了兩半之後，發現其中的一半，全是薄如蟬翼的金屬片。

金屬片上有着許多點狀突起，每一個突起點之間，都有着細痕的聯繫。

這是什麼？看來倒有點像縮小的電子板，鹿答何以會有這樣的東西？

另一半，也是許多薄片，在薄片上的則是許多奇怪的文字。

本來是奇妙的遭遇，變得更奇妙了。

殺了兩個人，得了這樣莫名其妙的東西，算是什麼？幸而，曾低價購買了不少寶石，總算多少有點收穫。

七月廿二日

離開了，鹿答和那阿拉伯人的冤魂似乎一直纏着我。

八月三日

仍然不知道那鬼東西有什麼用，甚至不知道那是什麼，曾將上面的文字給許多專家看過，換來的卻只是訕笑，說那種奇怪的符號一定是自創的，豈有此理。

九月七日

今天遇到了古勒奇教授，他是古代文字專家，再將那種文字出示，他竟斷定說那不是地球上的文字，這更可笑了，這當然是極可笑的，但不知為了什麼，這東西我竟也掛在胸口，當然不是用黑麻繩，而是用一根白金鍊，算它是一個紀念品吧。

一月一日

那是突如其來的，子夜，人人在狂歡之中，停在海港中的輪船，汽笛大

鳴，新的一年來臨了，那東西掛在胸前已有半年了，由於它十分輕，是以早就不將它放在心上了，但是，真的，在新的一年來臨之一刹那，它發出了奇妙的聲響。

那是如同無線電報的「滴滴」聲，連續不斷。連忙退出酒會，到了一間儲物室中，除下那東西來，打了開來，不但聲音清晰傳出，而且，突出的一點，都發出奇妙的閃光。

那種閃光十分微弱，但是它的奇妙之處，卻難以形容，那種奇異的形彩，令人目眩，令人心跳，它自何而來，為什麼，都不知道。

這種奇妙的現象，維持了十分鐘之久才停止。

一月二日

終日注視着那東西，未見有異。

一月三日

記得第一次剖開那東西時，感到那一片一片有小點的突起像電子線路圖，

真的是麼？將它給專家一看，或者會有結果的，占美是加拿大一家大規模電子工廠的工程師，讓他去看看，或者會有結果的。

一月十日

占美看到了那東西，他的判斷使人吃驚，他宣稱，那是設計極其精妙，絕不是地球上人類所能做出來的東西，那是電子工程的高峰，許多電子管，都被縮小了，而電子線路，也被化為軌跡，固定在極薄的金屬板上，據他說，這東西中的七十片極薄金屬片上，每一片上都有着上萬的電子管。

那也就是說，這七十片薄片合起來，至少有七十萬具電子管，那是地球上從來沒有過的一具電腦，它可以做幾乎任何事。

占美是表兄弟中從小便有神經質的一個，而且一度進過精神病院，看來，他的舊病復發了。

（一九八六年按：這種電子板，現在已經十分普遍，二十年前，都只是想像，說人類科學完全沒有進步，似乎也不很公平。）

一月十一日

占美一直來囉唆不休，真後悔來找他，他堅持他的看法是對的，並且說他可以利用他廠中的設備，使掛在我胸口的「電腦」工作。一具有七十萬個電子管的「電腦」居然可以掛在胸口，哼，我要離開他了。

一月十二日

他又來苦苦哀求，姑且答應了他，和他一齊到了工廠之中，他取了掛在胸口的那東西，用兩根極細的線連結它，然後通電。

那兩根線，是連結到一具工廠中最大的電腦顯示器之上的，突然，所有的指示表都動了起來。

占美狂叫：「看到了沒有！看到了沒有！」

隨着他的狂叫，廠內的警衛和負責人向他衝來，將他按倒在地上。在混亂中，搶回那東西，溜出了那家工廠，不管占美了。

一月十三日

離開了加拿大，占美被送入精神病院，因為他破壞了價值數億美金的一具大電腦，我似乎也被通緝，但占美不是真的瘋子，他的話是對的，那東西和電子管有關，那是一具電腦，不屬於地球人的電腦，這使人糊塗，的確，似乎占美是瘋子，我也是的，誰知道呢？

一月十四日

誰瘋了呢？到底是誰瘋呢？

一月十五日

那是一具電腦，而且，極其輕微的電流，便能夠使它生出反應來，兩節乾電便可以使得突出的小點，發出微弱的亮光。但是那具電腦有什麼用處呢？看來要經過不斷的試驗才能明白，沒有人幫助，只好進行單獨的試驗，試驗的辦法，是不斷地將之通電，不斷地將之和各種不同壓力的電流接觸。

一月十六日

真正嚇壞了，從來也未曾有過這樣的經歷，那是瘋狂的，瘋狂的，不可能的，絕對不可能的，我一定是神經有問題了，我應該進瘋人院麼？

一月十九日

整整醉了三天，才醒了過來。頭腦開始冷靜了下來，細細地回想一月十六日所發生的事，那一切，都是實在的。

其實，那一切是不是實在的，只要我再來一次，就可以證明了，但是我卻沒有勇氣再來一次。

那天，當那東西和七百伏特的高壓電相接觸之後，發出了一陣奇異的閃光，那一陣閃光的顏色是難以形容的，它似乎包括了世上所有的彩色，但是出現的時間卻極短極短，接着，在閃光發生時，被閃光照到過的，我的右手不見了，我的右腕上是光禿的，沒有手，手在哪裏？手在什麼地方？可是，手又是在的，我可以感到手在動着，只不過看不到，而且，左手也摸不到右手。

在驚駭欲絕的情形之下，向外狂奔而出，忽然間，我看到了自己的手，手

正抓住了一株灌木，將手戰戰兢兢地捧着，天幸裝回了手腕上！

這是我瘋狂了？還是真的手可以離開身子，我想起鹿答，想起了那些寶石，鹿答似乎也有這能力的，但是我卻不敢再試了。

這是瘋狂的！

十二月二十日

近一年來，一直在世界各地環遊，最近才回來，找了一個新居，還不錯，是一幢頗為清靜的大廈第二十三層，居高臨下，別有風味。這一年，造訪了很多精神病專家，據他所說，一個人如果看到自己的肢體分裂，或是手足突然消失，那是腦神經分裂的現象，發展下去，這個人就變成瘋子。

我真的是瘋子麼？

由於那東西在開始環遊世界的時候，一直被鎖在銀行的保險箱中，而又一直沒有勇氣再去碰它的緣故，所以一直拖了下來。

但如今，我回來了。我是不是一個腦神經分裂的人？這個問題也愈來愈迫切地要找到答案，必要再和那東西見面了，這實在是需要極大的勇氣的。

幸而，還記得上次發生那種瘋狂的情形之際，是用七百伏特的高壓電。

晚上，在面對着那具有着不可思議的力量的電腦達三小時之後，終於顫抖着手，接通了電流。

奇異的閃光再現，這一次，由於俯身太前之故，閃光罩住了頭部，突然之間，整個人飛了起來。

不，不是整個人飛了起來，的確是有什麼東西飛了起來，但不是我整個人飛起。

正確地說，飛了起來的，是頭，是我的頭。

首先，我發覺身子不見了，接着，發現身子仍然坐在椅上，是頭離開了身子。在一陣近乎昏眩的感覺之後，頭又回到了身子之上。

沒有什麼別的變化，我並未死亡，也沒有覺得有什麼痛苦。只不過剛才，頭和身子脫離的時候，看到自己的身子沒有頭而仍然端坐着，十分駭然而已。

一件本來是十分危險的事情，但是如果接連兩次，居然沒有產生什麼危險的話，那麼對第三次的試驗，便會大膽許多。

在定了定神之後，再度接通電流，讓閃光照在右手上，右手消失了。

輕輕地用左手去摸一下，右手不在腕上，的確不在手腕之上。

可是，右手仍在，右手不在腕之上，然而仍然在，只不過是在我看不到的地方而已，我感到自己的神經系統，仍然能夠靈活地指揮我的右手。

我搜尋着自己的右手，這實在是十分滑稽的事，自己找尋自己的右手。

終於找到了，右手在一沙發之上。

果然仍能控制自己的手，要動哪一隻手指就動了，在右腕和右手之間的距離大約是兩碼，但是我的神經系統顯然可以超越這個空間，仍然指揮着離開了手腕的手。

這是極其驚人的，但是這是事實。

唯恐失去了自己的手，是以立即又將手提回來，放回到手腕之上。

經過了三次之後，膽子更大了，休息了片刻，第四次再接通電流，右手再度離開，這次更鎮定了，右手聽從指揮，打開了窗子。

右手不知道可以到達距離多遠的地方，仍然聽從我的指揮？右手向窗外飛去，沿着牆向上去，上了上面的一層樓，那是一個平台，右手爬上了石沿，又回到了手腕上。

這是我的一生之中最驚喜的一刻。

不是瘋子，只不過是有着一件不可思議的事情，發生在我的身上而已。

十二月廿一日

連續的試驗，手、足、頭、可以完全離開身子而進行活動，而且活動完全受自己的控制，太奇妙了，世上怎會有這樣的事情的？

十二月二十二日

單獨活動的肢體被人發現了，一雙腳走進屋子，居然有人大膽地在腳骨上踢了一腳，那太豈有此理了，我如今具有這樣的能力，還能受欺於人麼？

可是腳上沒有長着眼睛，是什麼人踢我的，也不得而知。

總之，有這個神妙的「電腦」，那神秘的閃光，我已是一個神秘的超人了。

鄧石的日記，有關他本身肢體的部分，到這裏為止，以後，鄧石的日記中便記載着如何和踢了他一腳的人作鬥爭的事。

而踢了他一腳的人，不是別人，正是我——衛斯理。而我與鄧石之間種種

糾紛，在前面已經詳細地講過了，當然不必藉助鄧石的日記來補充。

在那間密室之中，看完了鄧石的日記之後，腦中實在是混亂得可以。

鄧石當然不會在日記中欺騙他自己的。

那也就是說，他日記中的一切，全是真的。

但是，那究竟是怎麼一回事呢？他稱之為「電腦」的東西，那在通了七百

伏特的高壓電之後，便會發出奇異的閃光的東西，究竟是什麼呢？

那奇異的閃光，為什麼會使人的肢體分離而無痛苦，而且又可以不切斷神

經的聯繫，使肢體仍然接受大腦神經的指揮呢？

這一切仍然是不可解釋的疑問。

第十二部

怪異能力的來源

而且，疑問還不止那一些，還有，為什麼鄧石一定要不惜一切代價得到那藏在木乃伊石棺之中的金屬片？那金屬片上的文字，鄧石已認出了一些，看來是和現代文字，和肢體分離的怪事，全然無關的，為什麼鄧石一定要得到它呢？

根據鄧石的日記和我自己所經歷的事實，我知道至少在地球上，已有三個人是曾經有過肢體分離的能力，他們是：那個古埃及的法老王、鹿答和鄧石。

鹿答和鄧石之所以具有這等能力，當然全是那具被鄧石稱之為「電腦」的東西的作用了。

那麼，這個連死的時候，也是肢體分離的古埃及法老王呢，難道也是？

就算那能發出奇異閃光的「電腦」，在地球上的確已存在了幾千年，據鄧石說，那種閃光，是要在接通了七百伏特的高壓電之後才發生的。鹿答生長在現代，他或許有一個偶然的機會可以接觸高壓電，但是古埃及的法老王，又有什麼機會去接觸高壓電呢？因為那時候，電能還只是存在於自然界之中，根本未被人類發現、利用！

一連串的疑問盤據在我的腦中，我根本無法對其中任何一個疑問有答案。

我找到了一隻牛皮紙袋，將鄧石的日記裝了進去，準備將這些日記帶走。

而當我轉過身的時候，突然看到在離開桌子不遠處的地上，有一件東西被拋棄着。

那東西約有兩吋見方，很薄，閃耀着一種奇異的金屬光輝。

那東西的一邊有一條金鏈連着，可是金鏈卻已被扯斷。

我突然看到那東西，身上的肌肉在那一刹那間變得僵硬了起來。

如果我未曾讀過鄧石的日記，那麼我對這東西是斷然不會產生這樣恐怖感的，可是在讀過了鄧石的日記之後，再看到這東西，那感覺就大不相同了！

那東西，當然就是會發出奇異的閃光，而使得人肢體分離的「電腦」，試想，我在已知了鄧石的遭遇之後，再看到這東西，怎會不害怕？

在那片刻之間，我只覺得心頭狂跳着，不由自主連退了三步。

在退出了三步之後，方開始鎮定下來，那東西是要在通電之後方會發生那種奇異的作用的，如今我怕它作甚？

而且，我正應該因為輕而易舉地得到那東西而感到高興，有了這東西，對於我心中一連串疑問，無疑大有幫助。我又向前走去，走到了那東西的面前，俯身將那東西拾了起來，那實在是一個兩吋見方的金屬盒，可是它卻輕得幾乎

一點分量也沒有。它一面光滑平整，但另一面卻有許多針般大小的小孔，只有兩個較大些。

在那兩個大一點的小孔之旁，有電灼的痕迹，看來那就是通電的接受電源之處了。

盒子可以從中打開，如果不明底細的話，拿了這樣一隻盒子在手，一定以為那是女士們用來化妝的粉盒了。我沒有花了多少功夫，就將那盒子從當中打了開來。

盒子打了開來之後，盒中的情形，和鄧石在日記中所記載的差不多，但是鄧石的記載，卻不是十分詳細，我有補充一下的必要。

那盒子的一邊，全是極薄的薄片，那種薄片，好像是金屬的，薄得幾乎透明的，鄧石認為上面全是文字，但是我看來卻不像。

那不是文字，而是和文字差不多的痕迹，那些痕迹究竟有什麼作用，我說不上來。可是在仔細的觀察之下，那些痕迹像是立體的一樣。

我懷疑這可能是一種十分新的科學，這種科學將許多儀器、器械縮小、化為平面，固定在薄片之上，而儀器的作用仍在。

我之所以會突然有這樣的想法，那是因為另一半上，薄片上的突起點，看來和電子板差不多。

如果我的想法不錯的話，那麼，這隻粉盒豈止是一具極大的電腦，簡直是一座規模極大的電子工廠！這實在是太不可思議了，一個如此小的「粉盒」，但是它的內容，卻如此複雜。

我將那些薄片一片接一片地取了起來，我發覺每一片薄片之中，都有着極細極細的細絲連繫着，就在這間密室中，有着發電的設備，我檢查了一下發電設備的電壓表，發現可以發出高壓電來。

我找到了接通電源的電線，那時，我的手在發着抖，因為只要我接通電源，而電壓高到七百伏特的時候，這奇妙的東西，便會開始工作，至少我已經知道，它會發出一種奇異的閃光來，使人肢體分離。

我是不是應該這樣做呢？這樣做，我可以進一步親眼看到那東西活動的情形，但是如果那種奇異的閃光，也照中了我，使我身子的一部分離體而去呢？

我一想到這裏，不禁機伶伶地打了一個寒戰，連忙將那東西放到了桌上。

一將東西放回了桌上，我陡地心中一亮，一點也不錯，我可以將那東西放

在桌上，先接好電線，然後再退遠去，打開電掣。

那樣，我不但可以看到那東西的活動情形，而且也不會被那種奇異的閃光照射到了。

我連忙將電線插頭插進了那東西的兩個小孔之中，然後，我退開了六七步，接通電源。

正如鄧石的日記中所言，那東西突然發出了閃耀不定的光芒。

由於我存心要看看那東西在通電之後會發生什麼樣的變化，所以我事先將盒子兩面的所有金屬薄片，一齊攤了出來。

兩面本來疊在一起的薄片，攤了開來之後，也有三四呎長短。

這時，在有着凸起點的一邊上，奇妙的閃光正在持續不斷，而突然之間，在另一半的一個圓形黑色符號之上，發出了一片奇異的光芒！

光芒是從另一半的地方發出來的，這證明了我的第一個推斷，不是毫無憑據的，因為我曾推斷，那些痕迹，是一種經過特殊方式處理的儀器。

光芒從儀器中發射出來，這是可以講得通的事。

那種光芒只持續了半秒鐘左右，如果我站在近前，那麼我一定被這種光芒

射中了。

在那種光芒熄滅之後，另一邊的凸起小點，仍然在明滅不定，我愈來愈相信那是一座電子工廠，而且我也深知一定有方法控制這座「工廠」的。但如今，我當然找不到控制它的方法。

過了約莫五分鐘，那種閃光再度出現之際，我的心中突然起了一陣劇烈的衝動，我要衝過去，將自己身子的一部分，投入那閃光之中！

我已向前陡地衝出了幾步，如果不是我的身子向前衝去的時候，恰好在電掣上擦了一下，將電掣熄滅的話，一定已衝過去了。

電掣一關，閃光消失，我的那種衝動，也頓時消失了，我站在離那東西只三步左右處，心頭怦怦亂跳！

這時更進一步地明白，那東西不但對人的肢體，有着一種奇異的分離作用，而且對於人的精神，也有着極大的影響力，從這東西之中，可能會產生一種無線電波，來影響人的大腦活動！

我沒有勇氣再將那東西接通電流來試試，因為我既然已經知道那東西竟有影響人的腦部活動的作用，怎敢輕易嘗試？誰知道這東西會帶給我什麼怪念

頭，誰又知道我自己在思想變異了之後，會變成一個什麼樣的人？

這令人一想起來便毛髮直豎，我匆忙地拔出了電線，將那東西的許多薄摺片，全都收了起來，合上了盒子。

然後，我又向樓上走去，將那金屬片和鄧石翻譯出來金屬片上的文字收了起來，帶在身邊，這才離開了那幢屋子。

我離開了那幢屋子之後，來到了一間中型的酒店住了下來。直到如今為止，我仍然沒有辦法弄明白那東西和金屬片之間有什麼聯繫。

我一開始，試圖自己來翻譯那金屬片上的怪文字，因為鄧石已翻譯了一部分。我至少是可以按照他所譯出的字一個一個去對照着，找出其中相同的字來的。

但是我花了許多時間，卻發現這樣做並沒有什麼用處，我所得到的，全是一些不連貫的單字。

如果胡明在的話，他一定可以根據這些已翻譯出來的文字，而找到整篇文字的含義的。可是如今胡明卻成了一個白癡。

鄧石如此地緊迫需要得到那金屬片，而且，當我和他在公園相遇時，他已

經將金屬片上的文字，翻譯出了一小部分來。他曾說只要再過二十四小時，他就可以無敵，就不會再怕我，由此可以知道那金屬片上，一定蘊藏有一項高度的秘密。

這是什麼秘密呢？我在心中作了幾項假定，但是我認為最可靠的假定，便是這個秘密，乃是操縱這個秘密的「盒子」的一種方法！

試想，那「盒子」在通電之後，會發出奇異的閃光，天知道它有多少用途，如果能夠掌握了操縱這盒子的方法，那麼，當然非同凡響！

我發了半晌呆，像鄧石一樣，將那「盒子」懸在頸上，然後，我再仔細地讀鄧石譯出來了的文字，那幾行字，實在說明不了任何問題，但是它卻也提到了幾項值得注意的事情。

第一，它提到了一個大祭師，那大祭師是「牛神的化身」，而且，有能力使人死而復生。

第二，那個大祭師的墳墓，在宙得神廟以東十哩的地下，「他的一切能力都隨他之死而到了地下」，那也就是說，在他的墳墓之中，有着高度能力的秘密。

這兩點湊起來看，這個「牛神化身」的大祭師，似乎是值得「拜訪」一下

的人物了。

他當然已經死了，但是他的墳墓還在，我當然想到的「拜訪」他的意思，便是到那個大祭師的墳墓中去，因為那大祭師的墳墓既然是在「地下」的，這證明着這個墳墓神秘之至。

我打開了大幅的遊覽地圖，宙得神廟的位置是在沙漠，並沒有標明有什麼伯雷特王朝大祭師的墳墓。

這更使我感到興趣，因為那可能是一個從未見於記載的，從未被人發現過的墳墓。

而如今，我卻要去發現它！

不要說還有種種神秘莫測，離奇不解的事情糾纏在一起，就算光是去發現一個從來也未曾被人發現過的埃及古墓，這也是十分刺激的一件事。

我開始作準備，我攜帶了一切應用的物事，在離開之前，我到醫院中去看胡明。

可憐的胡明，他正像一個剛滿月的孩子一樣，在吮吸他的拳頭。

我沒有走進去試圖和他交談，因為只是看一看他的樣子，已足以使人難過

不已了。

我也曾到圖書館去查過「伯雷特王朝」的一切，但是歷史對於這個王朝的記載，不怎麼詳細，也絕未提到有一個牛神化身的大祭師。

這一切，在歷史上全是空白的，要等我到達了那大祭師的墳墓中之後，去慢慢發掘了。

照規定來說，一個外國人，如果要去發掘古墓，是必須得到當地政府的批准，而且由當地政府指定的人陪同前往的。但是我卻沒有去做這種申請，因為我所經歷的事，講出去是絕不會有人相信，如果我去申請的話，我的申請一定會被拒絕。

兩天之後，我到了偉大的宙得神廟的正門口。宙得神廟的確是極偉大的建築，我得到的線索，只是「以東十哩」，是以我只能用羅盤校正了方向，我必須放棄正常的旅行路途，而用直線的方式，向東行進。我去宙得神廟之前，向租賃駱駝給遊客騎遊的當地人，租了一頭駱駝。

那阿拉伯人以不純熟的英語問我：「先生，你要到什麼地方去？可要我跟着你？」

順口答道：「不要了，我要向東去，走很遠，但是三天之內，我一定將駱駝還給你的。」

那阿拉伯人像是站在一塊烙鐵上似地，突然跳了起來：「向東去，走很遠？」

我道：「是啊，這有什麼不對？」

那阿拉伯人道：「是的，先生，你一定在開玩笑了，你阿拉伯語講得十分好，怎會不知道從這裏不可以直向東去！」

我不禁大是詫異：「為什麼不可以呢？」

那阿拉伯人又望了我好一會，才道：「向東去三哩，就是沙漠毒蠍出沒的所在，這條地帶，一直延綿十多哩，先生，連最兇悍的康特族阿拉伯人，也不敢經過這個地帶的，你知道，沙漠毒蠍！」

我聽了之後，也不禁呆了半晌，

我當然知道沙漠毒蠍。

那是一種劇毒的毒蟲，牠們伏在沙上，顏色和沙粒完全一樣，即使你俯下身來，鼻尖離開牠只有三吋，也不容易發現牠。

但是，如果被牠尾部的毒鉤螫中了，那麼，在不到半分鐘的時間內，便會因為心臟痲痹而死亡，據說，死亡時倒是沒有痛苦的。

照那阿拉伯人所說，向東去，一直綿延十數哩，全是那種毒蠍出沒的地區，那麼，如果我向前去的話，生還的機會是多少？

我呆了半晌，才道：「連駱駝也怕毒蠍麼？」

那阿拉伯人道：「什麼都怕，宙得大神也不能例外！」他一面說，一面就來牽已交到我手中的駱駝，我連忙道：「喂，我已交了三天的租金給你的了。」

他搖了搖頭：「三天的租金是不足買一頭駱駝的，先生。」

我道：「不錯，那麼。你這頭駱駝，要賣多少錢？」

那阿拉伯人的表情十分豐富，他攤開了雙手：「我這頭可愛的駱駝，已經陪着我五年了，牠就像是我家庭中的一員一樣，先生，我實在是捨不得——」

我未曾聽他囉囉唆唆地講下去，便抽出兩張鈔票，放在他的手上：「二十鎊，拿去吧。」

那阿拉伯人握住了鈔票，好一會不出聲，才連連鞠躬：「是，是！」

那時候，他有了鈔票，也忘了那駱駝是他「家庭中的一員」了。

《衛斯理》

我牽着駱駝，停在神廟之前，這時，我的心中，仍然不免十分猶豫，我轉頭向神廟看去，只見那阿拉伯人已退到了廟前，和幾個同樣是租駱駝的人，正指着我在交談不已。

我知道，他是在告訴人家，我是一個瘋子，竟準備向東去踩毒蠍子的老窠！

我心中的矛盾，當然也是因為沙漠毒蠍而產生的。

有了毒蠍，使我向前去的旅程，發生無比的困難。但也因為前面是毒蠍的出沒地，可以說，那是自古以來就很少人經過的地方，那麼，那個大祭師的墓，直到如今，仍未被人發現，也就可以理解，那也就是說，大祭師的墓正存在着的可能性大大提高。

我想了片刻，仍然決定上路，但是我的計劃，卻多少有一點改變，我不騎駱駝上路，而且要設法去弄一輛汽車來，有了汽車，我的旅程將會安全得多！

我翻身騎上了駱駝，向離開宙得神廟最近的市集趕去，我記得來的時候，曾看到有幾個考古隊的車子，停在那市集之上。

我當然無法向任何一個考古隊買得一輛汽車的，但是我卻可以「借」一輛。

等我來到了這個市集的時候，已是黃昏時分，我輕而易舉地「借到」了一

輛小跑車——是最適合在沙漠中行走的。

為了預防萬一起見，我又備了一些消毒藥品，和一柄鋒利的外科手術刀，那是為了一旦被毒蠍侵犯之後作急救之用的。

我駕着那輛車離開市集的時候，沒有人理會，考古隊員都在一間酒吧之中欣賞正宗的肚皮舞，哪裏還管什麼車子不車子。

當我再度來到宙得神廟門口的時候，天色已相當黑了，彎月升起，整座神廟，籠罩在一重淡銀色的光輝之中，顯得十分神秘。

我在神廟之前，停了一停，將指南針放在身邊，我在神廟正門九根大理石柱正中的一根為出發點，向正東駛去。因為我的線索，只是「神廟以東十哩」，而神廟以東十哩的範圍十分廣闊，我直到這時為止，對於自己能不能發現那個大祭師的墓，還沒有把握。而即使發現了那個大祭師的墳，是不是可能解決那奇妙的「盒子」之謎，也是未知之數。而我此去所需的涉險，卻是驚人而有點不值得了！

我不是沒有想到這一點，但奇怪的是我絕未考慮到退卻，我駕着車，向東駛去！

我將車子的速度保持得十分快，車輪在沙上滾動，捲起了一陣陣黃沙，車後窗上，頃刻之間，就堆了滿滿的沙粒，在駛出了四五哩之後，我不由自主地減低了速度，因為這時候，我已經進了毒蠍出沒的所在了！

但是，當我仔細地向前看去，和在沙地上搜尋的時候，我卻又看不出有什麼異樣來，在朦朧的月色下，沙粒看來十分平整而寧靜。一道一道起伏的沙崗，給人以十分柔滑舒服的感覺。

在那樣平靜的沙漠之中，會處處隱伏着死亡的危機？這實在是令人難以相信的，我甚至想要落車在沙上走走！

但是我當然不會衝動到這一田地，我小心地看着哩數表和指南針，在車子駛出了九哩之後，我看到兩座拔地而起的峭壁，迎面而來。

那兩座高大的峭壁，在陰暗的月色中看來，格外高大，格外駭人，而在兩道峭壁之間，則是一道十分狹窄的峽谷，當我將車子駛到了峽谷之前的時候，我不禁陡地呆了一呆。

因為那峽谷只有三呎來寬，車子根本駛不進去！

第十三部

大祭師的墓

向前看去，那峽谷像是一個長長的巷子一樣，大約有一哩左右。

我要找的那個大祭師的墳墓，有可能是在出了那個峽谷的口子上，我有兩個辦法可以到達我的目的地。

一個辦法是，我棄車步行，穿過那峽谷。

第二個辦法則是，我駕車繞過兩座峭壁中的一座，到達峭壁的另一面。可是，當我試圖用第二個辦法的時候，我發覺那兩個截然分開的山頭，巖石嶙峋，向兩旁伸延着，不知延伸出多遠去！

那也就是說，我如果要繞過那兩座山頭，得花費很多時間，而且，究竟是不是能夠繞得過去，那還是一個疑問，在這樣的情形下，當然只有棄車步行這一條路了！

我下了車，將一帆布袋應用的東西，全掛在肩上，向那峽谷之中走去，我才走出十來碼，便站住了，當我站住了身子之後，我的身子不由自主地發着抖，同時我聽得一陣奇異的「得得」聲。

過了好一會，我才聽出那一陣奇異的「得得」聲，原來就是我上下兩排牙齒相叩時所發出來的聲音，那聲音本來是相當輕微的，但是在寂靜的境界之

264

中，再加上兩面峭壁所發出來的回音，聽來就變得十分異特了。

我看到了著名的沙漠毒蠍了！

在我的面前，有一攤白骨，不知是什麼野獸留下來的，在那攤白骨上，爬滿了毒蠍！那種毒蠍的顏色，和巖石可以說一模一樣，這也正是令我發抖的原因。

因為我不知道在我身邊，究竟是不是已經布滿了這種毒蠍，這種毒蠍，由於牠們如此逼真的保護色，使得牠們和隱形的魔鬼一樣地厲害。

那些爬在白骨上的毒蠍，有的一動不動，有的在蠕蠕爬行，有的在互相用尾鈎着打架，但不論牠們是動是靜，牠們都是同樣地醜惡。

我連忙抬起腳來，要向後退去。

可是當我抬起腳來的時候，我看到了在我的腳下，一些「沙粒」開始動了起來，那也是毒蠍，我已將幾隻毒蠍踏在腳下了。我的身子兩旁的巖石，也布滿了這種蠍子，看來我要通過這峽谷是不可能了。

我呆了沒有多久，才以極其迅速的動作，退了回來。

我立即跳上了車子，關上了車門，直到我肯定我的身子並沒有毒蠍附着，我才鬆了一口氣，我不願意再踏進那峽谷一步，我立即開動車子，向前疾駛了

出去，足足駛出了三十哩左右，我才找到了可以轉彎的地方，車子在崎嶇不平的山崗上跳動着，一直到天明。等到天色大明之後，我發現我雖然已經離開了沙漠毒蠍的老巢，但是，我卻迷路了！

在我的面前，全是起伏不斷的山崗，我的汽車儲油量已經不多，快要變成在淺灘上擱淺的小船了！

我停下了車子，殘剩的汽油，約莫可以供我行駛十五哩，幸而，我預料到要發現那位大祭師的墳墓，可能不是簡單的事，是以我的食糧和食水倒是相當充分的，可以供應六七天之需。

但是，如今那大祭師的墳墓在什麼地方呢？我已經完全迷失路途了。

我出了車子，四面張望着，除了沙和巖石之外，什麼也沒有。

我尋求着遠處那兩座高大的峭壁的影子，若是我看到了這兩座峭壁的話，我是可以根據這個認出方向來的，但是我卻看不到什麼。

在如今這樣的情形下，我的指南針，也發生不了什麼作用，因為我根本不知道在過去的幾十哩中，我經過了一些什麼地方。

我若是向東去，我不知是不是已經走過了頭，當然，我也不能走回頭路，

我變得完全被困在這裏。我決定先休息一下再說，是以我進了車廂，我相當疲乏，就睡着了。

我是熱醒的，在烈日的烤炙之下，車廂中熱得像火爐一樣，當我醒來的時候，我滾出了車廂，才可以透一口氣，而我的身子已完全濕透了！

我站着喘氣，喝着水，在這樣的高熱之下，我真擔心汽油缸會爆炸起來！好不容易捱到了天黑，我不能永遠停着不動的，我必須繼續向前去。當我再度開動車子的時候，我彷彿覺得已有兀鷹在我的頭上盤旋。

我又駛出了五六哩，看到前面，似乎有隱約的火光，那令我大為振奮，我立即將車子向着火光，駛了過去。

當我的車子，在一堆火旁停下來之後，火堆旁四個穿着白袍的阿拉伯人，都以充滿着敵意的眼睛望着我，我舉着手，一面向他們走過去，一面已經用阿拉伯語叫道：「我是迷路的人，我可以過來麼？」

那四個人互望了一眼，才道：「可以的。」

我放下了手，向前走了過去，到了那四個人的面前，他們之中的一個才道：「你要到什麼地方去？」

我不知道自己要到什麼地方去，因為那地方的名字我是叫不出來的。而我如果講出大祭師的墳墓，那四個人一定是不知道的。所以我想了一想：「我要到一個峽谷的出口處去，那個峽谷中，全是毒蠍。」

那四個阿拉伯人都吃了一驚：「你是要到那個死亡峽谷的出口處去？這……這……你去幹什麼？」我撒了一個謊：「我是國際衛生組織的人員，我奉命來研究沙漠毒蠍的一切，所以我要到那個峽谷向東的出口去處。」其中一個道：「那得向南去，你可以看到兩根大石柱，就是了。」

我有點不怎麼明白：兩根大石柱？這是什麼意思，可是當我提出來的時候，那阿拉伯人道：「兩根大石柱，就是兩根大石柱！」

我再問了一句，道：「那峽谷東部的出口，應該是十分荒僻的地方，兩條大石柱，什麼意思？」

那阿拉伯人道：「兩根大石柱，那是誰都知道的，何以你對此懷疑？」

我有點明白了，在那峽谷的出口處，的確是有兩根大石柱，那兩根大石柱一定是十分突兀的，它們是不是會是大祭師墳墓的標誌呢？

我同他們道了謝，又駛着車，照着他們所說的方向，向前駛了開去。

駛出了不到十哩，汽油就用完了。一沒有汽油，汽車就完全成了廢物，我不得不棄車步行，我一直向前走着，過了不多久，我看到了前面有一團十分高大的黑影，看來像是高山。

我終於又看到那座峭壁了，這使我高興得幾乎直跳了起來。

但是，在高興的同時，我卻也起了一陣莫名的可怖之感，我將到那峽谷的口子了，我又接近了沙漠毒蠍的大巢穴了！

這時，天色相當黑暗，我按亮了強力的電筒，又向前走出了兩哩左右，當我舉起電筒向前照去的時候，我看到了那兩條大石柱。

直到我看到了那兩條大石柱，我才知道那幾個阿拉伯人為什麼在我懷疑那兩條大石柱之後，他們會那樣地驚奇和感到不可了解。

因為那兩條大石柱，實在太宏偉了！

如果是在白天，而天氣又好的話，我相信，不必用任何望遠鏡，在五哩之外，就可以看到它們！

這兩條大石柱，是如何建造起來的，看來和金字塔的建造一樣，是一個謎。那兩條石柱，足有三十呎高，粗如五個人合抱。

它們是用一塊又一塊的大石砌成的，而每一塊大石的重量，絕不會輕於兩噸！

兩條石柱，相隔約有二十呎，它們就那樣地豎在荒漠中，距離那峽谷的出口處，約莫有二十碼左右，我一面向前走着，一面目不轉睛地望着那兩條大石柱。

我一直來到了其中一條石柱的下面，才停了下來，我發現那石柱上刻着許多浮雕，仔細看去，那些浮雕所表現出來的，全是牛的圖案，那是各種形狀的牛，有的牛頭人身，有的牛頭牛身，千奇百怪，不一而足。

一看到了那些牛形浮雕，我的心中，更是高興，因為我立即記起了那金屬片上被翻譯出來的話：大祭師是牛神化身。

大祭師既然是「牛神的化身」，那麼，豎在他墓前的大石柱上，有着牛形的浮雕，這不是一件十分合理的事情麼？大祭師的墓，肯定是在這裏了！

我已經知道大祭師的墓是在地下的，什麼地方是地下墳墓的進口處？我用強力的電筒在地上照着，希望能夠有所發現。

但是，我費了足足一個小時，在兩條石柱之間仔細地尋找着，同時，我還用一根一端十分尖銳的鐵棒，在沙中用力地插着。

我希望可以插到沙下有石塊或是石板，可是我卻仍然一無所獲。

我在這一小時內，由於不斷地彎着腰在向地面上尋找着，所以感到十分疲倦，我不得不直起身子來，背靠着石柱，休息一下。

這時，天色已經變了，東方開始出現魚肚白色，過了不一會，太陽升起，我本來是面對着東方而立的，但因為朝陽升起，我便轉過身，背對着太陽。

也就在那一刹間，我幾乎直跳了起來！

初升的朝陽，使得那石柱長長的影子，投在斷崖之上，由於斷崖是斜、平不一的，所以，那兩條平行的石柱，在同一的石崖上，竟出現了焦點，兩根石柱的影子的尖端，在峭壁上相遇！

我立即又看出，那黑影的所在之處，有一道並不十分寬的石縫，那道石縫雖然不怎麼寬，但是卻足可以供一個人側身走進去！

我知道，我發現了那大祭師的墓的入口處了，那完全是一個偶然的機會，我不能不為自己的運氣而感到高興，我連忙向前奔了出去。

我奔到了峭壁之下，更使我感到幸運的是，在朝陽之下，毒蠍似乎都隱藏起來了，我沒有在巖石上發現任何毒蠍，我開始向上攀去。

我只花了二十分鐘的時間，便已到了那個石縫之前，從那兩條大石柱來

看，這個大祭師的墳，應該是極其宏大的。

一座極宏大的墳墓，它的入口處會如此狹小麼？這似乎不怎麼可能。所以

我在側身走進去之前，又仔細地觀察了一下。

我立即發覺我的顧慮是多餘的。

那石縫雖窄，但可以看得出，這是人工堵塞的結果。

那本來是一個相當大的大洞，但是被人工用同樣顏色的石塊封死了，只留

下了一道石縫！

我按亮了電筒，帶上了防毒面具，開始向石縫之內走去，我才走進了幾

步，便看到了有一道曲曲折折，通到下面去的石級。

那些石級，鑿造得相當精緻，都是一種質地潔白的石塊鑿成的。我向下慢

慢地走去，同時，我取出了空氣成分的試紙來，我發現試紙的顏色，仍然保持

着淺藍色。

如果空氣的成分起了變化的話，那麼試紙的顏色會起變化。有許多人都對

埃及一些古墓中留下的「咒語」十分靈驗而感到興趣，其實，死在古墓中的

人，大多數都是因為古墓中幾千年來的封閉，使空氣發生了變化，吸進了毒氣的緣故。我走下了四十幾級石級，來到了一座銅門面前。

那座銅門十分平整、光滑、簡直就如同是一面極大的鏡子一樣！

我在銅門面前，站了一站，我可以清楚地看到銅門上反映出了我自己的影子。

影子十分清晰，使我忍不住要走近一步，以看得更清楚，同時，也想知道何以幾千年前建造的銅門，竟會如此之光潔。

可是當我向前踏出一步之際，世界上最奇妙，最不可思議，也最令我毛髮直豎的事發生了！

那扇銅門，在我踏前了一步之後，竟自動向上，升了起來！

銅門在向上升之際，幾乎是一點聲音也沒有的，那樣迅速，那樣流利，這哪裏像是幾千年之前的古墓，我像是站在超時代的建築之前！

在那一剎間，我真正地呆住了！

我呆了不知多久，才記得去細看銅門之內的情形，然而當我向前看去之際，我更加變得失神落魄起來，我記得我好像不斷地在冷笑着。

但是，究竟是為什麼冷笑，我絕說不出所以然來，而且，我的本意可能也不是想冷笑——我無法確切地說，因為我的思緒是這樣紊亂，什麼也不能肯定。

的確，眼前情形真是可以使人神經錯亂：在銅門之內，是一條走廊，走廊的兩旁，亮着不少盞電燈！

那或者不只是電燈，但卻也絕不是油燈，我可以肯定，那一定是比電燈更先進的一種燈。它發出的光芒極其柔和悅目，它嵌在走廊牆壁的兩邊，大約每隔十呎，便有一盞。

在那種燈光的照耀下，這條走廊，明亮得和在露天的完全一樣。

我本來是一心以為自己將要在一座陰暗、潮濕的古墓之中探險的，所以我帶備了許多預防的物事，和照明的設備，可是如今我卻站在一條明亮的走廊之前，這走廊中的空氣之清新，絕不在聯合國大廈的走廊之下。

我呆立了好一會，使勁地搖着頭，如果我是在做噩夢的話，那麼我這樣子搖頭，一定會使我醒過來，但是我搖頭的結果，卻仍然站在那走廊的口子上。

我開始向前走去，雖然我來到了一個和我預期中截然不同的地方，但是我總不成就此退了出去的。走廊的兩旁，全是一種十分細滑的石塊，直到盡頭

處，才又有一扇門，而我一走到門前，門便再度自動地打開了。

等到這扇門打開，我向門內看去之際，我不由自主地緊緊地抓住了自己的頭髮，一直到髮根發痛。

那是一個大廳，也由同樣的燈光照明，大廳中那傢伙相當多，別以為那是古埃及的笨重黃金椅，我所看到的椅子、桌子以及其他的一切，比線條最浪漫的丹麥傢俬更加浪漫，以致乍一看之下，幾乎認不出那是椅子或者還是什麼東西。

這是可能的事？怎麼會有這個可能呢？

我又不由自主地搖着頭，大廳中並沒有鏡子，要不然，我一定可以看到我自己和傻瓜一樣。

我慢慢地向前走去，我的腦中亂成一片，因為我不知道自己究竟是身在何處！

我走到了一張桌子的面前，那張桌子的桌面，平滑而光可鑒人，果然，我看到了自己的表情，是那樣地吃驚，那情形就像十六世紀的中國人，忽然看到了二十世紀祖胸露臂的美女一樣。

在那牆上，有着兩個按鈕，一個紅色，一個綠色。

而在那大廳之中，也有着兩扇門，一扇是紅色的，一扇是綠色的，可以使人想到，這兩個按鈕是用來打開這兩扇門之用的。

由於這裏實在不像是埃及的古墓，所以，我未曾按下按鈕去打開這兩扇門之際，我大聲問道：「可有人在這裏麼？」

這實在是十分可笑的一個問題，「這裏有人麼？」我像是進入了一個現代的住宅，現代的建築，而不是走進了一個古埃及祭師的墳墓。

這裏當真是一個古埃及祭師的墓麼？如果是的話，那麼這個埃及祭師的墳墓又是什麼樣人，何以他的墓，竟是這樣子的？這裏的一切，看來比任何的建築物，更要先進得多！

我的問題，當然沒有得到任何的回答，但是我的聲音，卻激起了一陣「嗡嗡」的回聲，那一陣回聲，在室內持續了很久。

當室內重又恢復了極度寂靜的時候，我才伸手去按那個紅色的按鈕。

當我的手指，將要觸及那紅色的按鈕之際，它竟劇烈地發起抖來，就像是毒癮發作時吸毒者的手指一樣。因為我絕對難以想像，當我的手指按下去之後，會產生什麼樣的結果。

這裏的一切，全是超乎我的想像之外的，我甚至不知道我是不是應該去按那個紅色的按鈕！

我的手指，在碰到了那按鈕的時候，抖得更厲害了，我甚至不能肯定究竟是我出力按下去的，還是因為手指的抖動，而觸動了那紅色的按鈕。

果如我所料，當按鈕被觸動之後，那扇紅色的門，自動打了開來。

在那扇紅色的門中，是另一間房間，那間房間的正中，放着一個透明的長盒子，我在乍一看到那透明的長盒之際，心中暗道：這倒像是一具玻璃棺材。

然而，當我再定睛向前看去時，我發覺那的確是一具玻璃棺材！

在那長方形的玻璃盒子中，躺着一個人！

我看到那人的兩隻腳，因為那人是腳對着我，而躺在那玻璃棺材中的，他的身上，蓋着一塊白色的毯子（我猜想那是毯子），他的頭部十分巨大。

老天，我竟真的來到那個大祭師的墳墓之中，因為這裏既然有棺材，那豈不是墳墓麼？躺在玻璃棺材之中的，當然便是那位大祭師了。

我呆了半晌，才向前走去，當我來到了那具透明棺材的前面之際，我的手

緊緊地握着拳，而手心卻在不斷地冒着冷汗。

躺在裏面的那位大祭師，有着比正常人大兩倍的頭，而且他的頭上寬下狹，他的雙眼突出，他的耳又尖又短，在耳前，又有兩個鐵灰色的凸起物，那兩個凸起物，是呈三角形的。

總之一句話，這不像是一個人頭，而像一個牛頭！

可是，在露在那白色的毯子之外的手和腳來看，那卻又是人的手和腳。

再簡單一點地說一句：這是一個牛頭人！

我一直只以為牛頭、馬面，那只是中國傳說中陰間的鬼差，實在難以想像，古代埃及有一位大祭師，也會是那樣子的！

我呆立了許久，才後退出了兩步，在一張椅子上，坐了下來。

我的腦中，實在混亂得可以，因為我不知道這究竟是什麼，我的腦中只是翻來覆去出現着一句話：「大祭師是牛神的化身」，一個長着一顆和牛差不多的頭的人，不是「牛神的化身」又是什麼？

當我開始漸漸地冷靜下來的時候，我有一點明白了，我已經可以作出一個假定來，我的假定是十分之荒誕的，但是如今這樣的情形下，卻也只有這樣的

假定，才能夠符合事實。

我的假定是：這位大祭師，不是地球人。

只好這樣想了，這個大祭師當然已經死了，但是他躺在玻璃棺材內的屍身，相信和他生前沒有什麼異樣，有這樣的地球人麼？

這個人不是地球人，他的墳墓是這樣子的，他的樣子是這樣怪相，以及他的墳墓，和那個有着神奇之極的功能的盒子有着關連，這不是都可以理解了麼？

我心中漸漸定下來之後，就不顯得那樣手足無措了，我站了起來。

這時，我看到，在那玻璃棺材之上，有一個十分奇異的裝置。那東西是從上面吊下來的，像是一盞吊燈，但是卻只有兩股電線，而沒有其他。

那兩股電線的尾端，是兩根相當細的金屬棒，金屬棒是銀灰色的。

我一看到了那兩根金屬棒，心中便動了一動，不由自主，取出了那隻「盒子」來。

那兩根金屬棒，恰好可以插入盒子一面較大的小孔之中！

我的手不由自主地發起抖來，這裏和我發現的「盒子」果然是有關係的，如果我將那兩根金屬棒插了進去之後會有什麼結果呢？

我不斷地告誡自己：不要插進去，別去碰它們！

可是那沒有用，我像是戒煙的人心中不斷地叫着：別吸了，別吸了，可是手上的動作，卻是取起了打火機點着香煙一樣。

當我心中在想着別碰那兩根金屬棒的同時，我卻已自然而然地將那兩根金屬棒，插進了那「盒子」的兩個小孔之中。

我在插進了那兩根細小的金屬棒之後，我的心反倒定了下來，我後退了一步，等待着變化的發生。這時候，那隻「盒子」就吊在我的前面不到兩步處。

開始時，它沒有什麼變化，只是那樣地掛着，後來，它發出了一種輕微的「吱吱」聲來。這種聲音十分之低微，不會比一個人的呼吸聲更大一些。

我仍然站着不動，過了不多久，我看到自那「盒子」的許多小孔之中，有兩個小孔，射出了兩股光線來。那些小孔本來只有針尖般大小，自針孔中射出來的光線，細得和線一樣。

第十四部

兩千年死人的復活

但是那兩股光線卻是筆直的，作橙色，看來有點像激光光束。

我順着光線的去向看去，不禁大吃了一驚。

那兩股光束，直射進了玻璃棺材之內，而且正射在那牛頭大祭師的額中心。在他的額中心，映起了小小一圈黃色的光芒。

當我心中在驚疑不定之際，事情又起了新的變化，我聽到一陣十分尖銳的聲音，同時，看到又有幾個小孔之中，射出幾股不同色彩的線來。

那幾股光束，也射進了棺蓋之內，在那一刹間，我忽然看到，躺在棺中的那位大祭師，忽然像是動了一下！

我直跳了起來，我跳向前去，將那盒子拉了下來。

我覺得那盒子十分燙手，是以在拉了下來之後，立即將之拋開，跌到了地上，那盒子也打了開來。我來不及去拾那盒子，我只是退後，再去看那棺材中的大祭師，他仍然躺着不動，並沒有坐起身來的意思。

但是，我剛才的確是看到他在動，我看到他的手，向上揚了一揚。

那是我眼花？

我相信不是的，然則不是我眼花，那又是什麼呢？

我呆呆地站着，心中暗想，難道剛才自小孔中射出來的那幾股光束，有着起死回生的功能？這似乎更加荒誕了，我未曾深入研究過埃及歷史。也不知伯雷特王朝距離現在究竟有多少年，但是那個大祭師死了至少在兩千年以上，那卻是絕無問題的了。

然而，剛才我卻看到他動了一動，一個死了已有兩千年之久的人，會有可能活過來麼？

我一想到這裏，突然感到有一股極度的寒意，遍布了全身，我連忙退出了這間房間。

雖然那位「大祭師」仍然躺在他的玻璃棺材之內，但是我卻不由自主地端着氣！

我退回到外面的房間，又呆了片刻，才定下神來，我考慮了一回，決定先打開那扇綠色的門之後，看一看情形，再作道理。

我按下了桌面上那個綠色的按鈕，那扇綠色的門，便迅速地打了開來。

門內是另外一間石室，別無去路。

看來整座石墓，就是這三間石室了。

那另一間石室，是長方形的，靠左首的牆上，是許多儀表和發亮的小圓

柱。在那些東西之前，有一張長長的桌子，桌上有小按鈕。

在那桌子的正中，有一個小小的凹槽，而在凹槽的兩旁，則是兩塊長條形

的金屬板，一點也不假，在正對着那凹槽的正面，是一幅電視熒光屏！

這是超時代的東西，不要説超過了什麼伯雷特王朝，而且也遠遠地超過了

二十世紀六十年代，而它卻又的確是建立在三千年之前的，我相信這一點。

我想辨認按鈕下的文字符號，來弄明白那些按鈕是什麼用的，但是雖然大

多數的按鈕、開關下都有文字，我卻無法明白那是什麼意思。因為那些文字是

一種莫名其妙的文字。

我大着膽子，隨意扳下了幾個按鈕，可是卻沒有什麼變化。

我又扳下了幾個，也是沒有變化。我心中感到十分奇怪，我雙手按在那桌

子上，慢慢地移動着，突然，我發現一個凹槽，那凹槽的大小，和那「盒子」

打開來之後，一樣大小。

而且，在凹槽的一半，有着許多針狀的突起，如果那隻「盒子」放上去之

後，那麼這些針狀的突起，一定可以恰好插進盒子一面的許多小孔之中！

284

我連忙退了出來，奔到了鄰室，拾起了那盒子，又退了回來，將盒子中一頁一頁的活頁，一齊拉了出來。

在桌上的金屬板，對盒中的薄頁，似乎有着一種極強的吸力，薄頁一展了開來，立時便緊貼在金屬板上，而就在那一刹間，牆上的許多圓點，次第亮了起來，發出十分奇異的光芒。

同時，又有「嘟嘟嘟」的聲音傳出，從一個狹窄的縫口中，有一張小紙條，慢慢地走了出來，就像是電報紙條一樣。

而且，在那小紙條上，也全是黑色的小圓點。我知道那些小圓點一定是代表了什麼，一定是代表着一種語言的，可是我卻實在沒有法子看得懂。

正當我在努力想弄懂那些小圓點究竟代表着什麼意思之際，那電視熒光屏也突然亮了起來。

我突然後退了一步，向電視熒光屏看去，只見熒光屏上的線條，十分凌亂。

我旋轉着幾個按鈕，試圖調整它，可是卻沒有結果，但是我卻聽到了聲音。

那一定是一個人在講話，因為那實在是講話的聲音，但是我卻聽不懂，那聲音在講的，可能是古埃及的語言，我是一個現代的中國人，有什麼辦法可以

285

聽得懂埃及的古語呢？

不但是我，世界上沒有一個人知道古埃及人講的是一種什麼的語言，因為那時還沒有發明可以將聲音留下來的機器。

那聲音，那紙條上的小圓點，如果我能夠懂得他們的意思，那麼整件事的經過，我一定可以知道了，但是我卻不懂。

我心中愈來愈是焦急，終於我大叫道：「我不懂，是誰在講話，我不懂你在講什麼！」

我一叫，那講話聲突然停了下來。

我吸了一口氣，心知不論講話的人在什麼地方，他一定是可以聽到我的聲音的。

如果不是講話的人可以聽到我的聲音，那為什麼我一開口，他就不出聲了呢？

於是我再度重覆：「我聽不懂你的聲音，如果你有意和我交換意見，請你選用我聽得懂的語言，或是我看得懂的文字。」

我又道：「你們聽到我的聲音了，是不是？」

我連接講了幾遍，可是仍然得不到回答，又過了好久，才又聽到了一種極

其奇怪的語言，傳了出來。那種語言仍是我未曾聽到過的，但是我更可以肯定

那是一種語言，只是我聽不懂。

我歎了一口氣，隨着我的這一歎息，忽然，我也聽到了一下歎息聲。

那一下歎息聲，聽來和我的一樣焦急和無可奈何，我突然了解到：在和我

講話的人，一樣聽不懂我所講的話，我們雙方無法交談！

我在控制板前的椅子上坐了下來，手托着顎，竭力使我自己紊亂的思緒鎮

定下來。

在如今這樣的情形下，我必須作出一連串的假定，才能夠繼續向下想去。

我先假定這個牛頭人身的傢伙，不是地球人，而來自別的星球。這並不算

是十分怪誕的念頭，星際人不單在二十世紀降臨地球，可能在一千年之前到

達，也可能在一萬年之前來過，他們到達地球之際，是古埃及的時代，其中一

個星際人，由於具有超特的知識和能力，被奉為大祭師，被認為是牛神的化

身，這是很自然的事。

那個「大祭師」可能因為某一種原因死了，但是這裏的三間石室，卻一定

是他生前就造成的,如今我所聽到的聲音,若是來自那「大祭師」原來的星球,那麼我聽不懂那些語言,很容易理解,因為那聲音所講的,不是地球語言,我當然聽不懂。

再假定那個星球上的人,是藉「大祭師」和他們聯絡的,他們也可能通過大祭師記錄了當時地球上的語言,但那是三千年前的語言,我講的近代語言,他們當然也是聽不懂的了。

我更可以猜想得到,那隻「盒子」一定是十分重要的一個儀器,卻不知怎地流落在外,所以使得得到這盒子的人有一連串奇異的遭遇。

我想了好久,我自己覺得假定相當合理,可是,有什麼辦法可以使我聽得懂他們的語言,或是使他們聽得懂我的話呢?

我呆坐了一會,只聽得那種聲音又傳了出來,聲音顯得十分焦切,像是在對我責斥,可是我的心中比他更急,我也對着電視機咆哮起來,那情形就像是一個中國寧波人和一個阿比西尼亞人在吵架一樣。

過了五分鐘,我突然又想起了那個「大祭師」來!

當那隻盒子懸在玻璃棺材上空的時候,我曾經看到他的手動了一下。

如果繼續這麼下去，自「盒子」射出來的光束，會不會使他復活呢？

一個死去了三千年的人，而且可能不是地球上的人之復活，那實在是一種想起也令人寒心的事情，可是，這卻是解決問題的唯一辦法。

那「大祭師」真的復活了，當然可以由他和他的自己人通話，或者，「大祭師」可以有足夠的能力，來使我和他交談。

我取下了那隻盒子，那隻盒子顯然是一切動力的來源，一取了下來，就聽不到任何聲音，電視熒光屏，也黑暗了下來。

我拿着盒子向鄰室走去，到了那玻璃棺材的旁邊，在那時候，我的內心仍然在交戰，我是不是應該使那位「大祭師」復活呢？

由於我實在太想揭開這一連串的謎，是以我終於又將那兩根縣在半空中的金屬棒，插進了「盒子」之中。過了不多久，幾股光束，又射出來，我退開了好幾步，靜候着事情的變化。

過了十分鐘，這一次，我更可以肯定那絕不是我的眼花，因為我又看到了「大祭師」的手，忽然動了一下，那是向上抬了一抬，很快，立即又恢復了原狀。

我的身子在不由自主地發着抖，「大祭師」看來真的是會復活的，他復活之後，將是什麼樣子的呢？是一具害人的僵屍？這是像中國古老的傳說中的「屍變」一樣，只是一個直挺挺地，只會害人，而根本沒有什麼思想的一個妖怪？

我只覺得耳際在嗡嗡作響，腦中實在混亂得可以，我的心當然也跳得十分劇烈。

又過了十分鐘左右，我看到在玻璃棺材之內的大祭師，再度慢慢地揚起手來。這一次，他的動作，比較慢得多了，他的手慢慢地揚起，我這時才發現，他的手指十分修長。儘管他有着一顆和牛一樣的頭，但是他的手指卻是長而文雅的，像是一隻鋼琴家的手。

然後，他的另一隻手也揚了起來。

這時，自那隻「盒子」中射出來的光芒，更加強烈，而且又多了幾股，那十幾股光芒，一齊射在他的身上，又過了十分鐘，他的雙手，已將棺蓋托了起來，而他的身子，也坐起來了。

他的眼睛本來是一點光彩也沒有的，但這時候，當他轉過頭，向我望來之際，他的眼睛之中，卻閃耀着變幻不定的五色光彩，使人覺得如同面對兩個萬

290

花筒一樣。我知道，他完全復活！

當他坐直了身子之後，他揚了揚手，手指在那「盒子」上按了一下，從盒子中射出來的光芒便消失了，他的動作是如此之自然和熟悉，就像我們一伸手熄掉了牀頭燈一樣，可想而知，他對那盒子是十分熟悉的。

然後，他一動不動地向我望來，他那和牛頭差不多的臉上，絕沒有什麼神情變化，可是他雙眼之中的光芒，卻以極高的速度在轉換着，最後，變成了一種極深的深青色，像是兩潭深水一樣。

也就在這時候，他開口了。他講了一句十分簡單的話，可是我一樣聽不懂。

我已面對着一個死去三千年而又復活的「人」，而且這個「人」，根本不是地球人！

我心中的驚駭、混亂，實是可想而知的，我也無法反問他，我只是僵立着。

他慢慢地從玻璃棺材中跨了出來，開始向我走來，我想阻止他，不要來得離我太近，可是我卻又明知自己的話，他是聽不懂的，在逼不得已的情形下，我只得伸出雙手，作了一個阻止他前進的手勢。

他果然站住了身子，我略略鬆了一口氣，幸而我們的祖先的手勢，和我們

還沒有什麼分別。

我令他站定了身子，他又講了一句話，我用力地搖着頭，攤着手，表示我聽不懂他的話。

他眼睛中的色彩，又劇烈地變化了起來，那種色彩的變幻，可能是他腦中正在思索着什麼的反映。他轉過身，取下了那隻小盒子，不再和我說話，便向那另一間房間走了過去。

我略為遲疑了一下，便跟在他的後面，只見他到了那房間之後，便將那盒子熟練地放在控制板前的凹槽之上，同時，開始迅速地操作起來。

在他熟練地操作之下，所有凸起物，全都閃着光亮，過了不多久，電視熒光屏上雜亂的線條也停止了，而出現了一個十分模糊的形象來。

我那時就站在他的身後不遠處，可以看得十分清楚，那模糊的畫面，像是一個和「大祭師」一樣的人。

但是，畫面卻十分模糊，使我難以肯定那究竟是不是一個人。

接着，便聽得「大祭師」和那個我曾經聽到過的聲音交談了起來，雙方都說得十分快，快得我一點也不知道他們在講些什麼。

他們雙方，交談了足足有三十分鐘之久，「大祭帥」才轉過身來，這時候，只見他的雙眼是深青色的，他望了我一會，將兩條十分細的金屬線連結在他的額正中，然後又按下了幾個掣。

我看到那兩根金屬線和他額頭的接觸部分，不斷地爆出殷藍色的火花來，我不知道他在做什麼，只是駭然地望着他。過了三分鐘，才聽得他叫道：「好了！」

他居然叫出了我聽得懂的話來，這使我驚喜莫名，我臉上的神情，大概已使他明白了我可以懂得他的話了，他放下了那兩股金屬線，道：「我講的話你已懂了，是不是？你聽懂我的話了？」

我連忙道：「是，是的。」

他又望了我一會，才道：「那很好，我需要你的幫助，希望你不要像伯雷特法老王那樣地不忠實。」

他講的話我是聽明白了，但是他的話是什麼意思，我卻不明白。什麼叫作「不要像伯雷特法老王一樣的不忠實」呢？

我呆了一呆：「請你原諒，我有些不明白。」

大祭師向電視熒光屏指了一指：「我的同伴告訴我，我已和他有許久未曾

聯絡了，在你們的時間來說，大約是三千年左右，可知是他欺騙了我。」

我仍然不明白，而且我是全然地不明白，因之我沒有辦法問他，只好瞪着他。

大祭師像是有點不耐煩，他眼中的色彩又開始在轉變，同時他揮了揮手：「你可能幫我的忙麼？我要回去了，我已經耽擱太久了。」

我靈機一動：「當然可以幫你的，但是我卻要有條件的。」

「大祭師」的雙眼突然變成了深紅色，他的聲音也十分惱怒：「什麼條件？」

我被他的那種樣子嚇了一大跳，我還是大着膽子攤了攤手：「我要知道一切。」

「大祭師」向我逼近來，我向後退，他逼近來，直到我退到了牆前，退無可退，我才不得已站定了身子：「你……想要怎樣？」

「大祭師」冷笑地道：「我要你無條件地幫助我！」

這對別人來說，或者還是不成問題的，但是我卻是一個好奇心特別強烈的人，在如今這樣的情形下，如果不給我知道一切事情的來龍去脈，那對我來說，將是一件十分痛苦的事情！

是以，我雖然看出，實際上我是無法和他爭衡的，但是我還是大聲道：

「不！」

他雙手一沉，按住了我的肩頭：「不？」

我堅決地道：「是的，不。你必須使我知道你是誰，從哪裏來，這一切又是怎麼一回事，詳詳細細地告訴我，我才幫助你。」

「大祭師」的眼中顏色，愈來愈紅，變得簡直就像是兩爐火一樣，十分駭人。

足足有兩分鐘之久，我們僵持着，然後才聽得他道：「我先要問你，你是誰，如今地球上的情形怎樣了，你是怎樣來到這裏的？」

第十五部

像螞蟻的**地球人**

這實在是令人無法回答的問題，他是三千年前來到地球的，我怎樣能向他

解釋如今的地球變得怎樣了呢？在這三千年之中，地球上所發生的變化之大，

豈是我所能講得明白的？

所以，對「大祭師」的問題，我只好搖了搖頭，大祭師的眼色，又變得較

為和緩了，他冷冷地道：「地球人可以說是卑鄙懦怯和無恥的化身，我想，你

不會比伯雷特法老王好多少？」

我的心中，實在莫名其妙，為什麼他一再將我和一個幾千年之前的埃及法

老王相比呢？看樣子，他是曾經受過那個法老王的欺騙的。

但是這更使我難以明白，這個「大祭師」具有這等超卓的能力，那個法老

王有什麼神通？如何可以令得「大祭師」吃虧，以致他一直念念不忘，而見了

我之後，態度仍然如此惡劣？

在如今這樣的情形下，我實在沒有別的話可說，我只得道：「我不明白，

你講的那個法老王，究竟對你怎樣，你該知道，我全然不明白。」

「大祭師」忽然坐了下來，用他的雙手，托住了他那顆像牛一樣的頭。

然後，他又在控制板上，按動了一連串的按鈕，他又和他的同伴通起話

來，我當然仍聽不懂他講些什麼，但是卻可以聽得出，他們雙方的交談，都十分之焦急，顯然他們所討論的是一件相當嚴重的事情。

過了不多久，「大祭師」才又向我走來，他有點粗暴地伸手抓住了我的肩頭，用一種令我心驚的聲音道：「我有着一切科學設備，可以鑑定地球上一切東西的好壞和質量，來測定它們的成分，但是我卻沒有法子測定一個人是誠實還是狡猾，告訴我，你是一個誠實的人，還是一個狡猾的人？」

我吸了一口氣：「看來你並不怎麼了解地球人，要了解一個人太難了，但是不論怎麼樣奸惡的人，你待之以誠，他總不好意思一而再，再而三地欺騙你的，他總會被你感動的。」

「大祭師」斥道：「廢話，我不知道麼？我是經不起人家再騙我一次的了。」

我望了他半晌，心中反倒平靜了下來。

因為從大祭師這時候的情形來看，不論他具有多麼超絕的能力，他分明需要別人的幫助！

他既然要我的幫助，我又何必怕他？

所以，我也不客氣地道：「你既然要人待你誠實，那麼，你首先要以誠實

待人，將你的一切，全都講給我聽，那或者有商量。」

「大祭師」又發怒了，他的眼睛又變成了紅色，他大聲道：「我要將你化為烏有！化成什麼也不剩下，你們地球人創造了可笑的物質不滅定律，但是我卻有力量將你化到什麼也沒有！」

我比他鎮定得多：「我相信你有這個能力，你或者有能力可以將地球上所有的人都化為烏有，但是你的真正困難，是必須有一個地球人來幫你的忙，我說得可對？」

我們形容一個人發怒，總是說那發怒的人，眼中像是要噴出火來。這時候，大祭師的眼中，真正像是要噴出火來一樣。

他望了我好一會，忽然笑了起來：「我可以滿足你的好奇心，我來自另一個天體，那天體離地球極遠。」

「這我早已猜到了，而且，你們比地球人進步了不知道多少倍。」

「大祭師」毫不客氣地承認了這一點：「當然是，地球人在我們的心目中的地位，猶如螻蟻和蜜蜂在地球人的心中的地位一樣！」

我聽得他媽的大祭師這樣講法，心中不免有點生氣，他當我們是螞蟻或蜜

蜂？這不是太豈有此理了麼？所以我只是「哼」地一聲。

我之所以不立即駁斥他的狂妄，是因為他既然已開始講他本身的事，我便不想打斷他的話頭。

但是儘管我未曾出聲，他卻也看出我的不滿來了，他冷笑着，指着那隻盒子：「旁的不說，像這隻盒子，你知道它是一座經過了縮小的電子工廠麼？這是一座設備極其完善的工廠，它可以進行種種生產工作，產生許多奇妙的效果，你們地球人夢想不到，或許你們也曾夢想過這樣的電子工廠，但是在你們的想像之中，這樣的大電腦，大工廠，應該是整座城市那樣大，絕想不到有那樣功能的組織，居然只有一隻盒子那樣大，可以帶在身邊。」

我不出聲，我實在無聲可出，我已感到自己的確如螞蟻或蜜蜂差不多了。

大祭師的手指，仍然指着那「盒子」：「如果通過它來發電的話，它所源源供應不絕的電能，可能供給全地球人用幾億年！」

我不能不開口，因為我發現他雖然先進到了極點，但是他卻還和地球人一樣，有着強烈的自誇狂，我必須阻止他了。我道：「我知道了，請你講你自己的事情。」

大祭師頓了一頓，才又道：「我來到了地球，我們準備陸續前來，我們選定地球作為我們的移民區，如果不是有了意外，計劃已經實行了！」

我聳了聳肩：「什麼意外。」

「大祭師」道：「兩顆小行星在空中相撞，發生了爆炸，這兩顆小行星都是含有大量氫原子的，爆炸之後，引起了附近星球的連鎖反應，形成了極大的輻射環，我們的飛船，無法通過這輻射環而到達地球，我成為唯一到達地球的人。」

我沒有說什麼，但是手心卻在冒着冷汗。

有很多人否認偶然的因素，其實，人和天體萬物比較起來，實在是渺小，太渺小了，一些在太空中所發生的極其微小的小事，便足以影響整個人類的命運！

試想，如果不是在遙遠的太空之中，忽然有兩顆小行星相撞，而形成了一個巨大的輻射環，阻止了牛頭人的移民，那麼我們地球人如今是什麼樣子呢？

我們在三千年之前，就成了奴隸了！我們將是「螞蟻」和「蜜蜂」，或者，我們早被完全消滅了！

「大祭師」繼續道：「我也沒有法子回去，但是我們的通訊還持續着，我奉命留在地球上，那時正是伯雷特王朝的時代，由於我超卓的能力，我立即被

任命為整個王朝的大祭師。」

「地球人的愚昧，實在是令人難以想像的，但是我總算使他們造成了這三間石室，我一直保持着和我們自己的居住天體的連繫，我們在等待着那輻射環的消失，或設法消滅它，但直到如今為止，我們未曾做到這一點。」

我問道：「等了三千年之久？」

「大祭師」忽然又笑了起來：「時間觀念之可笑，又是你們地球人愚不可及的一點。」

我實在忍不住了，他肆意地攻擊地球人，他可以有這個權利，可是時間觀念有什麼好攻擊的，這是天生俱來的一種觀念！我抗聲道：「有什麼可笑的？」

「大祭師」道：「當然好笑，你想想，如果你只有三個月壽命了，你會怎樣？」

「那……」我不知他為什麼忽然會提出了這樣一個問題來，但不論他是為了什麼，那問題的答案，是只有一個的，所以我道：「當然是十分惶恐不安。」

「如果知道自己只可以活三天呢？」

「更恐懼，更不安了。」

「哈哈！」大祭師笑了起來，「你說得對，人知道自己死期將至的時候，

會恐懼、不安，萬念俱灰，沒有一個地球人可以避免死亡，也就是說，每一個

地球人，都知道死是自己唯一的歸宿，但就是被時間觀念所迷惑着，所以每一

個都不可避免要死的地球人，卻還在拚命爭權奪利，為非作歹，相互傾軋，無

所不用其極，這難道還不值得我笑麼？」

我大聲：「那麼你們呢？你們可以不死麼？」

「大祭師」一直在怪笑着，他並沒有回答我這一個問題。從他這時有點尷

尬的笑聲中聽來，他似乎覺得在恣意地嘲笑了地球人之後，發覺他自己，實際

也和地球人差不了多少！

好一會，他才停止了笑聲，我不願再和他討論這種玄之又玄的問題，是以

我又提醒他：「你正在說你自己的事情的，請你繼續說下去。」

「大祭師」的雙手鬆開了我的肩頭，他搖了搖頭：「說下去？好的，我一

直等待着，我們星球的科學家也盡了一切努力，可是卻沒有法子消除這個龐大

的輻射環，後來，我們的科學家想出了一個辦法，可以使我回去的。」

我又吃驚了起來，因為這傢伙既然可以回去，那麼他的同類，也可以大量

地湧來，地球豈不是又要遭到極大的劫數？

我不出聲，「大祭師」繼續道：「那是一個十分冒險的方法，我要將電腦的若干地方，加以改組，然後使它射出一種光芒來，這種光，有分解身體原始組成成分的力量，我想你不明白，那是說，將一個人的身子，分解為幾十萬億的原子。」

我尖聲道：「那……那你就等於化為烏有了！」

「是的，我化為烏有了，但這只不過是暫時的現象，我身子所化成的萬千億原子，仍然受分解光的推動而前進，那是光的速度，在到達我們的星球之後，被分解的原子進行還原，仍然組成一個人體，我便可以不怕輻射帶的阻礙而回去。」

我仍然不出聲，在「大祭師」作那樣的敘述之際，我實在想不出有什麼可說的。

「我改進了電腦，並且也作了試驗，的確，那種光芒可以令得生物的身子分解為原始組成部分——。」

他講到這裏，我的心中陡地一動：「那種光……那種分解光如果照到了一

個人的手的時候，會發生什麼樣的結果？」

「照到了手，那當然是那個人的手消失了。」

「從此不見了麼？」

「當然不是，原子在空間的游離狀態存在着，可以令它還原的。」

「我不是這個意思，事實上，你所指的電腦，所放射出來的那種所謂分解光，至少曾令得三個地球人，成為支離人，他們的情形是肢體可以離開身子，到另一個地方去活動！」

大祭師並沒有感到困惑，他立即道：「在電腦得到的電源不夠充分的情形下，就會產生這樣的情形，分解光達成了分解的任務，但是由於電源不足，並不能將之運送出去，迅速地又恢復了原狀，而且，神經系統是一種十分神秘的組成，分解光也不能割離它的力量，所以，一個人的手，在離開了身子之後，便可以在另一個地方活動，而當人和手指接近到一定的距離時，由於原來原子組合的吸引力，手又會迅速地回到身子上去。」

大祭師所說的情形，正是鄧石的情形！

可憐的鄧石，他自以為掌握了支離身子的本事，便可以為所欲為了，卻不

料那種「本事」，原來是電力不足之下的一種反常情形！

我點了點頭：「這我明白了，那麼，你為什麼仍未回到你自己的天體中去呢？」

大祭師的眼睛又變得深紅色，他又在發怒了，看來，他是一個十分暴躁易怒的傢伙，他悻然道：「我準備好了一切，我將伯雷特王請來，我和他有甚好的友誼，我想他一定會幫助我的。他從來也未曾到過我的居所，他一到了這裏，我便已看出他現出了極度的迷惑，但是我還是相信他會幫助我的。」

這是很容易了解的事，作為現代人，我來到了這裏，也感到了極度的困惑，何況是一個三千年之前的古代人見到了這些！

「我自己先將自己麻醉，躺在那裏面，事先，我吩咐他應該按下那幾個掣，那麼，電源一接通之後，分解光便會將我分解，而以光的速度送出去，可是，他竟然沒有這樣做！」

「他可能只按下了一個掣，自電腦中產生出來的功能，恰好對我的全身組織和神經，產生了極度的抑制作用，是以令得我長期地處在冬眠狀態之中，而他卻取走了那具電腦，使我一直冬眠到你來到為止！」

候，對我如此之不友善了，原來他受了騙。

我開始明白大祭師為什麼那樣詛咒人性的可鄙了，為什麼他在一見我的時

本來，他可以回去，但結果，他卻「冬眠」了近三千年之久！

那個法老王為什麼忽然改變了主意了呢？我實在想不通，我只是想到，那

「盒子」從此便落在那法老王的手中，三千年前的人，當然根本無法想像那

「盒子」究竟是什麼東西的。

可能他將之當成飾物，傳了下去，傳到了一個法老王的手中，或者因為雷

擊，或者因為其他的原因，那「盒子」忽然感染到了電源，於是使那個法老王

的身子，成為四分五裂——那個可憐的法老王，當然便是胡明教授發現的怪木

乃伊！

然後，這盒子可能被視為「不祥之物」而被拋棄，一直到了近代，才落在

一個阿拉伯侏儒的手中，然後又轉到了鄧石的手上。

這一切，當然只是我的猜想而已，因為和這隻「盒子」有關的人，曾經因

為這隻「盒子」而變成支離人的人，都已經死了。

因之，我的推測是不是正確，根本無法知道。

「大祭師」在我胡思亂想的時候，一直只是望着我，過了好一會，才道：

「現在，你可以幫我的忙，我也必須你的幫忙。」

我的腦中實在是混亂之極，我只是道：「當然可以的，我既然令你自冬眠的狀態中醒過來，當然也樂意幫你的忙。」

「那只不過是偶然的，是不是？」

大祭師的話狡獪，明明是我令他從冬眠狀態中醒過來的，雖然是偶然的，難道他就可以因之而不感謝我了麼？

我並不和他爭辯，只是道：「那至少說明，我對你是一點惡意也沒有的。」

大祭師道：「那很好，你跟我來，我會指給你看，你應該調節哪一些掣鈕，你必須連續不斷地按下十七個掣鈕，如果你只按下一個就不再按下去，那麼，我就又要進入冬眠狀態了！」

「而在我進入冬眠狀態之後，如果繼續使用這『盒子』，就可以使我醒過來，就像你曾經做過的一樣。如今，你看仔細了！」

他一面說，一面便在控制板上操縱了起來，他教了我兩遍，我就已經記住了，但是他還唯恐我弄錯，不厭其煩地又教多了我兩遍，直到我可以毫不猶豫

地將那十七個摯施行一遍為止。

然後，我看到他拿了一隻金屬瓶來，含在口中，那金屬瓶發出了「嘶」地一聲響，不知噴進了一點什麼東西在他的口中。

他拋開了那金屬瓶，又問我道：「你使用這個方法使我回去，證明這個法子可以行得通，我相信不必很久，便可以再臨地球，那時，你將成為地球上最具權勢的一個人。」

他的話，不但令我心跳，而且還使我的面色劇變。

而我在聽了他的話之後，所突然興起的那個念頭，卻又是絕對不能讓對方看出來，而露出破綻的。是以我連忙偏過頭去：「知道了，你可還是睡在那個玻璃盒子之中？讓我來操作！」

「大祭師」點了點頭，他跨進了那玻璃盒子躺了下去，我注視着池，看到他眼中的光芒，漸漸斂去，終於，他躺下去一動也不動了。

我知道，他已經昏迷過去了。

我明知他已經昏迷了過去，但是我的心卻跳得更是厲害，我十分難以說明我那時是感到歡喜，還是覺得自卑，那是一種十分複雜的感情。

但是，在我混亂的思緒之中，有一句話卻是十分清晰地在我耳際響着。那是「大祭師」曾說過的一句話，他講過：「我可以分析一切東西，了解一切東西的成分，但是我無法了解人。」

是的，不論他來自什麼星球，也不管他所掌握的科學技能是多麼地超絕，他永遠不能了解一個人的心中，究竟真正地在想些什麼。

不要說另一個人不能徹底地了解一個人，就是一個人自己，要了解自己，那也絕不是容易的事情！

譬如我自己，在十分鐘之前，我還是決定幫助「大祭師」的，但是「大祭師」最後的一番話，卻使我改變了我的主意。

這是一種突如其來的決定，別說事先「大祭師」不知，是連我自己，在改變主意之前的一剎那都想不到的。

我看到「大祭師」躺下來之後，慢慢地向前走去，來到了控制板之前。

我的手指在微微地發着抖，我用力地按下了第一個掣，那掛在半空中的「盒子」發出一陣「吱吱」聲來，約有三分鐘之久，聲音才停止。

我在這時候，應該按下第二個掣了。

但是，我卻向後退了開來，我退到了玻璃棺材之前，看看「大祭師」。

「大祭師」躺着，像我初發現他的時候，完全一樣。

我取下了那隻「盒子」。

那樣做，是會使「大祭師」又處於「冬眠狀態」之中的。

不錯，我的目的正是那樣，這便是我的新決定。

我本來是準備幫助他用「原子分解」的方法，回到他的天體上去的，但是當我聽得他說，他回去了不多久，他們便能大批地前來之際，我改變主意了。

雖然他已經答應過我，使我成為地球上最有權勢的人，但是這所謂「最有權勢的人」，卻是在他們這種牛頭人的統治之下的傀儡！

第十六部

絕處逢生

我寧願做一個自由自主的平民，而不願意做一個「最有權勢」的傀儡，所以我才有了這樣的新決定。

我將那盒子打了開來，將兩面所放的薄片拉開，但是我立即發覺，我無法將之撕毀或是拉斷。

或許是由於我那時的手在發着抖，因為我怕「大祭師」忽然之間會醒過來。「大祭師」要是知道他又受了一次騙，不但我要遭殃，不知有多少人要遭殃了！

我無法毀去那盒子，只得又將之摺好，放在袋中，然後，我舉起了一張石凳，用力地砸向控制板，我又衝到了鄰室，去砸毀那些科學設備。我破壞的結果，是使得「墳」中突然黑了下來。

我記得出路，摸索着，向外退了出去，終於，我又從那山縫中爬出來了。

當我爬出山縫的時候，正是傍晚時分，夕陽的光芒，將一片平漠的黃沙，染得成為一種異樣淒厲的紅色。但是不管怎樣淒厲，這時在我看來，卻又有一股說不出來的溫暖之感。

因為我又回到人境來了！

剛才，我在「大祭師」的「墳墓」中，我就感到自己不是在人境之中，我攀下了山，在我的行囊中取出了炸藥，那些炸藥，我本來是準備在進入古墓時遇到障礙之後才用的。

但事實上，我想像中的「古墓」，根本不古，而且還超越了時代許多年，當然我用不到炸藥來開路，而這時，炸藥又給了我別的用處，我再度攀上山，將炸藥塞進石縫中，拉下了藥引，點着了它，我自己則以飛快的速度下了山，向前飛奔。

當我奔出了幾十步的時候，「轟」地一聲巨響，炸藥爆炸了！

我伏在地上，只覺得被爆炸的激盪而起的沙粒像是驟雨一樣向我身上蓋來，將我整個身子都埋住了，我勉力掙扎着，才露出了一個頭來。

當我回頭看去的時候，我吁了一口氣。

那個石縫已然被爆炸下來的石塊填塞，絕不會有人知道這裏曾經有過一道山縫，可以通向三間神秘的石室中去。

當然，也更不會有人知道，在那三間石室之中，還有一個來自其他天體的牛頭人在。那牛頭人曾經是古埃及一個王朝的大祭師，而且，他現在也未曾

死，只不過是在冬眠狀態之中而已。

但是，上一次的「冬眠」，使他在石洞中過了三千年，這一次「冬眠」，他需要度過的時間，只怕更加悠遠，極可能再也不會有人發現他了！

而且，就算有什麼人發現他，也沒有什麼人可以令得他甦醒，因為我將立即設法，將那隻「盒子」毀去，雖然那是地球人再過幾千年也製不成的東西，但是我還是決定將他毀去。

當爆炸的聲浪完全消失，四周圍重又回復寂靜之後，我從沙中爬了起來。

也就在我爬起身子來之後，我看到大量的毒蠍，從峽谷之中爬了出來，那是成千成萬的，牠們出了峽谷之後，散了開來，就像有一股洪泉，自峽谷之中湧了出來一樣，我深深地吸了一口氣，連忙將身向前奔去。

幸而我雙腿的運動要比毒蠍的六隻腳快得多，我盡量地向前奔着，開始的時候，我身上還帶着不少東西，但是毒蠍爬行的「沙沙」之聲，似乎一直在我的身後，我將身上的重負，一點一點地拋去，到後來只剩下了一壺水，幸而我看到了我的車子。

直到我看到了我的車子，我才有勇氣回頭看去，我的天，別以為我可以快

過那些蠍子許多，牠們就在我身後不到二十步處。

看到成千成萬的毒蠍子，像潮水也似地向前湧來，當真令人毛髮直豎，我

三步併作兩步，跳進了車子之中，不等關上車門，我就去發動車子。

可是，當我踏下油門之際，我呆住了，車子是早已用完油的！

而我實在已沒有力氣再向前奔去了，我只得緊緊地關上了車門，絞上了車窗。

蠍子湧了過來，牠們漫天蓋地地湧來，沒有什麼東西可以阻擋牠們的去路，牠們爬上了車子，越過車子，當牠們爬過玻璃窗，而又滑跌下來的時候，我可以清楚地看到牠們醜惡的身子，和那可以致人於死地的毒鈎，我緊緊地縮住了身子，由於車窗和車門全都緊緊地關着，所以不多久，我便覺得呼吸困難起來。

我不敢打開窗子，即使只是一條縫也不敢，我只是苦苦地忍着。

我並不是沒有希望的，因為我看出大群的毒蠍，只是在向前闖着，而不是想在這裏停留。但蠍子實在太多了，什麼時候才過完呢？

感謝這時候不是白天，要不然我一定沒有法子在一輛密封的車子之中支持

得如此之久的。

毒蠍終於過盡了，我才將窗子打開了一道縫，湊在這道縫上，貪婪地在吸着氣，但是我仍然不敢走出車子，一直到了天亮，肯定周圍已沒有任何毒蠍了，我才繼續向前步行而出。

我來的時候有車子代步，不覺得怎樣，但回去的時候只可以靠步行，真是辛苦。我在沙漠之中，一步一步地向前掙扎着。

幸而我雖然什麼都丟掉了，但是還保存着那壺水，我估計那壺水還可以使我在兩天之內，不致於死去，可以捱到宙得神廟。這時，我最大的隱憂，便是那一大群毒蠍子。

若是再讓我遇到那些毒蠍的話，那麼我一定難以活命。

我的運氣總算不錯，雖然三十多小時在沙漠中的步行，令得我筋疲力盡，但是當我實在支持不住而倒下來的時候，我卻並不是倒在沙漠上。

我倒在宙得神廟的石階上！

許多人圍了上來，七嘴八舌地談論着，我不去理會他們，只是躺着，直到一個警察前來，才將我扶了起來，送上了一輛車子，到了醫院之中。

精神很快便完全恢復，出乎我的意料之外，警方的人居然來看我，但是態度卻不十分友善，只是勸我快點離開。

由於他們是不友善，我當然未曾將自己的遭遇講給他們聽。

而當我出院之後，我的確也已經打算離開了，但是在離開之前，有一件事卻不能不做。

我要去看看胡明。

胡明是在另一所腦病醫院之中，我經過了好幾次的交涉，才獲准見他。但是，還是有幾個「醫院方面」的人，陪在我的身邊。

我實在不明白何以醫院方面如此緊張，胡明只不過是一個可憐的犧牲者，他已喪失了一切知覺，只怕再壞心腸的人，也不會再加害他的了，何以醫院方面——應該說警方，因為我一看便看出那兩個陪我前往的「醫院」方面的人，是警方的便衣——還對他這樣緊張呢？

我在那兩人的陪同之下，走過了一條曲曲折折的走廊，然後，已進入環形的醫院建築的中心部分，那裏是一幅空地。

在空地中心，是一幢看來給人以孤零零的感覺的小房子，在小房子外面，

有好幾個人在巡弋着。

到了這時候，我的疑心更甚了，我問道：「咦，胡明他怎麼了？」

「沒有怎樣，一點進展也沒有。」那兩人回答。

我向前一指：「那麼，你們為什麼這樣緊張。」

那兩個人顯然不願意繼續討論這個問題，他們只是冷冷地道：「我們知道什麼應該做，什麼不應該做。」

對方的態度是如此地冷淡和傲然，我自然也不便再問下去。而這時，我也發現，在這幢房子之外的一些人，雖然都穿着醫院員工的制服，但是可以肯定的一點是，他們也絕不是醫院員工。

他們全是警方人員！

一直來到那幢房子的門口，正當我想跨進去的時候，那兩個人卻又阻止我：「不，先生，你不能進那屋子去。」

我氣得大叫了起來，道：「為什麼？我是獲准去見胡明教授的。」

「對的，你獲准來見他，那是不必要進屋子去的，他的房間就在樓下，你可以隔着窗子見他。」——這便是那兩個人的回答。

而他們在講到「見」字的時候，特別加重語氣。我實在有怒不可遏的感覺，我大聲道：「所謂見他的意思，當然不是隔着窗口看看他，而是拜訪他的意思，你們不會不明白的。」

那兩人是軟皮蛇，他們伸出手來，表示無法可施，同時道：「那不干我們事，我們奉命，只准你隔着窗口看一看胡明。」

我雙手緊緊地握着拳，如果我的身邊只有那兩個傢伙的話，我一定已忍不住要動粗的了。

但是這時，其餘的幾個人，卻一齊向我接近，他們總共有近十幾個人之多，我當然可以敵得過他們十個人，但是醫院的幫手，可能繼續湧來，我大鬧一場的結果，極可能是根本見不到胡明。

所以，我忍住了氣：「好的，那就麻煩你們帶我去，去『見』胡明。」

那兩人轉向左，我跟在他們的後面，走出了七八步，在一個窗口前面站定，他們才道：「他在裏面。」

我連忙踏前一步，向窗內望去，由於玻璃的反光，我要湊得十分近，幾乎鼻尖湊到了玻璃，才能夠看到裏面的情形。

而當我看到了裏面的情形之後，我大吃一驚，向後連退出了好幾步，方始

站定，而且，我不由自主地大口地喘起氣來。

當我湊到窗口，盡力向內張望的時候，我幾乎看不到什麼，因為那房間的光

線，實在十分黑暗，但是緊接着，一張浮腫的、慘白的、傻笑着的臉浮現了！

那張臉，突然從黑暗中出現，而且離得我如此之近，我們兩人的鼻尖相

差，不會超過兩個厘米——只隔着一層玻璃！

和那樣可怖的一張臉，隔得如此之近，這是任何人都不免要大吃一驚的

我陡地後退開去之後，那張臉仍然停在玻璃後面，在對着我傻笑，那是一

種令人毛骨悚然的傻笑，我勉力定了定神，才轉過身來：「這……是胡明？」

那兩個人點了點頭：「是他。」

我再轉過頭去，那張臉仍然在玻璃後面，那就是黑黝的、樂天的、有學問

的胡明？這實在是使人無法相信的一件事情。

但是當我凝視着那張可怖的臉三分鐘之後，我卻認出來了，雖然他改變了

那麼多，但是他仍然是我的好朋友，胡明！

我轉過身，我的身子禁不住微微地發着抖，我向外大踏步地走去，一直到

322

我走出了醫院之外，我的頭腦才略為清醒了一些。

我吸了一口氣，站着不動，那兩個人一直跟在我的身邊，這時，其中的一個道：「因為你的關係，先生，我們的六名優秀的專家變成了這樣子，先生，請快些離開去，如果你繼續留在這裏，只怕我們要遏制不住我們的情緒，有一些事要做出來了。」

我猛地一驚，這兩人果然是警方人員。可笑這裏的警方竟然將事情完全推到了我的身上，以為我是罪魁禍首，這不是迹近滑稽麼？

但是，六名優秀的專家的損失，的確令他們感到切膚之痛，如果我不盡快地離開這裏，他們可能不僅是說說算數，而是真的對我不利！

我點了點頭：「其實我可以分辯的，但是我想也不必要了，我這就直赴機場了。」

我伸手召來了一輛街車，跳了上去：「機場！」

車子向前疾駛了出去，我的腦中實在混亂得可以，我甚至不敢向車窗外望一下，怕的是胡明那張可怕的白癡的臉，會突然在窗外出現。當我想到這一點的時候，我突然一呆，叫道：「停車！」

街車司機停住了車，轉過頭來，以奇怪的眼光望着我，我的腦中這時，正想到了一個極其重要的問題，我剛捕捉到了一點頭緒，是以我絕不想有人來打亂我的思緒，我不等他開口，便又道，「繼續駛，但慢些，別多問，照我的話去做。」

街車司機的面上，出現了駭然的神色來。因為我剛才是從著名的腦科醫院出來的，在那個醫院中，有着各種各樣的瘋子，他一定將我當作瘋子之一了，但那樣也好，可以省得他來煩我。

車子向前繼續駛去，果然十分慢。

我的思緒也漸漸地上了軌道。我那突然而來的念頭，是因為害怕胡明的臉突然在窗外出現而聯想起來的，我首先想到，在什麼樣的情形下，胡明的臉才會突然出現在車窗外呢？這個答案是：除非胡明是個支離人。

胡明如果是支離人的話，那麼他的頭部，可以脫離身子而自由活動，就有可能出現在車窗之外。

我所聯想到的是：如果胡明是支離人，那會有什麼樣的結果呢？

據「大祭師」說：鄧石的手離開了手腕，看來好像是他的手突然斷腕而去一

樣，但事實上卻不是那樣，而是有着相當複雜的變化過程。那種光芒，照到了他的手，將他的手，在萬分之一秒（或許更短）的時間內，分解成為許多原子。

原子當然是目力所不能見的，於是，他的手便消失了。但是，被分解了的原子，在一定的距離之外，又完全依原來的位置，組合而排列了起來，那就使他的手，在一定的距離之外出現。而人的神經系統的微弱電波，對自己在一定距離之外的肢體，仍保持着指揮的力量。

整個過程是那樣的！

那末，如果胡明的頭部在那樣的過程之下，離開了他的身體，而又復原的話，應該出現什麼的結果呢？

「大祭師」曾經說過，原子的復原排列，是完全依照原來的情形的。值得研究的便是「原來的情形」這一句話了。

胡明如今，因為受了藥物的刺激，他的腦神經受了嚴重的傷害，如果令他的頭部，所有的組織完全化為原子，再結合排列起來，「原來的情形」，是指他受藥物刺激之前的情形呢，還是之後？

如果是受藥物刺激之前的情形，那麼，胡明就可以完全復原了。就算不

是，他也沒有損失。

我又想起了我和鄧石發生糾纏的多次情形，我曾經不止一次地弄傷過他的手，可是傷勢在他的手上，似乎痊癒得十分快。

那是不是因為分解、重組的過程之後，就「恢復原來的情形」？那是受傷之前的情形！

當我想到這裏的時候，我立即又叫了起來：「停車，停車！」

那司機停下了車子，我這才發現，車子已經來到飛機場的入口處了。

那司機轉過頭來：「先生，不是到機場去麼？」

我搖頭道：「不去了，我改變主意了！」

那司機以一種十分異特的眼光望着我，突然怪叫一聲，打開車門，跳下車，沒命也似地逃走，我呆了一呆，但是我立即明白，是那司機終於將我當作一個瘋子，所以他逃走了。

我當然不會去和他多解釋什麼，我到了司機位上，駕着車子，掉過了頭，直向警局駛去，我到了警局門口，向警局內直衝了進去。

可是我剛一進警局的大門，就覺得氣氛十分不對頭，因為幾個警員，和一

個警官正以一種十分怪異的目光望定了我。

我勉強對他們一笑：「請讓我見——」

可是我還未講出我要見的人的名字，兩名警官便已氣勢洶洶地向我逼近來，大聲叫道：「滾出去，你，快滾回去，滾出我們的國家去！」我簡直沒有再說話的餘地。我只有不斷地向後退着，直到我退出了大門，在他們身後的另一個警官，甚至已將槍拔出來了！

我連忙跳上了那輛街車，迅速地駛開，他們竟激動到如此地步，那確是我從來也未曾想到過的。我到警局來的目的，是因為我想到了經過人體原子的分解和重新組合之後，胡明是有可能復原的，而那隻盒子還在我的身上，只消通上七百伏特的電流，就會生出那種分解光來，令得胡明有復原的希望的！

但是，警方人員卻根本連聽也不願聽！

那也不要緊，看來我要自行設法將胡明從醫院之中弄出來了。

想起警方人員對胡明的病房，戒備森嚴的情形，我又不禁大皺眉頭，我曾經做過各種各樣的怪事，但是，將一個活生生的人「偷」出來，這樣的事情，卻還是破題兒第一遭！

我又考慮到了胡明現在的情形，就算將他「偷」出來了，要安置他，也不是一件容易事，不如我先準備好了一切再說。

我一面駛着車子，一面考慮着，終於，我下了車，在一家酒店中住了下來，好好地休息了一天。

我有一個現成的地方可以使用的，那便是鄧石的住所！

第二天，我趁夜溜進了醫院，警方的戒備已不像以前那樣嚴密，要將胡明帶出來，比我想像之中容易得多，我預先準備了兩套白色的制服，在偷了進去之後，我自己和胡明，都穿上了白制服，而我扶着胡明，堂而皇之從醫院之中，走了出來，來到了鄧石的那幢屋子之中。

我令胡明坐在一張椅上，然後將那「盒子」接上電流，光芒才一射出，胡明的頭便消失，接着，我聽到了他的叫聲：「老天，我的身子呢？」

我緊張得屏住了氣息，一切在萬分之一秒之間完成，光芒一射出，射中胡明的頭部。

在我來看，胡明是頭不見了，但是，在神志已完全恢復的胡明看來，消失的卻是他的身子，因為他的頭已到了三步開外。我連忙截斷電流，朝胡明的身

子奔過去，他的頭又回到了身子上。

我成功了！

其餘的五個人，也是在那樣的情形下醫癒的，當胡明好端端地出現在警局的時候，警方人員完全改變了他們對我的態度。

事情可以說完結了，令我不明白的是，當日鄧石何以那樣迫切地需要那片金屬片，或者，他也感到那「盒子」還有一些超人的力量的。但是他是如何知道有那塊金屬片存在的，我卻不得而知了。

噢，對了，還有那「盒子」，一座那麼完美的、龐大的、無可比擬的電腦，是一座地球人在幾世紀之後也不能設想的萬能新電子工廠，它怎樣了？

它，在我的歸程中，當輪船經過太平洋的時候，被我拋到海中去了，願它和「大祭師」一樣，別再有人發現它！

（全文完）

衛斯理小說典藏版　32

支 離 人

作　　　者：	衛斯理（倪匡）	
責任編輯：	黎倩雲　　方林	
封面設計：	三原色	
出　　版：	明窗出版社	
發　　行：	明報出版社有限公司	
	香港柴灣嘉業街18號	
	明報工業中心A座15樓	
電　　話：	2595 3215	
傳　　眞：	2898 2646	
網　　址：	https://books.mingpao.com/	
電子郵箱：	mpp@mingpao.com	
版　　次：	二〇二二年七月初版	
Ｉ Ｓ Ｂ Ｎ：	978-988-8688-80-7	
承　　印：	美雅印刷製本有限公司	